거울과 태양

거울과 태양

박진훈 지음

이담
Books

머리말

　듀이(John Dewey)는 예술을 표현의 행위로 정의하고, 작가가 "일상 경험에서 발견되는 특질을 이상화할 때" 그 작품이 탁월하다고 보았다. 이런 면에서 그는 예술가를 개인의 통찰력과 기술적 역량을 통해 처음 느끼는 감정을 매우 표현적·시적인 행위로 명확하게 바꾸는 능력을 가진 사람으로 정의하였다. 이와 같은 능력을 갖춘 "예술가가 되기 위해 우리에게 부족한 것은 처음의 감정도 아니고, 단순히 실행에 있어서의 기술적 기량도 아니다. 우리에게 부족한 것은 모호한 생각과 감정을 어떤 분명한 매개체를 통해 구현해 내는 능력이다."

　이런 맥락에서 볼 때, 소설 <거울과 태양>을 이어주는 매개체는 서민들의 일그러진 삶과 그들의 가슴 시린 과거의 이야기이다. <거울과 태양>에서 그려낸 서민들의 삶의 변주곡들이 독자들에게 얼마나 큰 울림으로 다가갈지 기대 반 걱정 반이다.

　시(詩)는 사물에 대한 개인의 통찰력과 시인의 기술적 역량을 통해 탄생한다. 이에 비해 소설은 개인의 통찰력에 시보다 더 많은 역사성·사회성이 첨가된 세계라고 할 수 있다. 그래서 소설가는 이미지를 중시하는 시인보다 더 스토리텔러의 역할에 충실해야 한다. 아울러 소설 속에서 구성되는 스토리는 작가가 그리고 있는 당시의 사회상에 대해 작가 나름대로의 당위성을 규정한다.

소설 <거울과 태양>은 여러 세대의 '사회적 당위성'에 반기를 들고 있는 군상의 모습들이 잘 나타나 있다. 이들의 굴곡진 삶을 통해 개인의 꿈의 빛깔을 그려 보려고 애썼다. '화려한 비상을 꿈꾸던 인물들의 꿈이 어떻게 산산조각 나게 되고, 그 조각난 꿈들이 갖는 의미는 무엇일까?' 하고 한 번 더 생각해 보았으면 하는 바람이다. 네 편의 소설에서 여러 갈래로 조각난 꿈의 파편들을 어떤 빛깔로 채색할 수 있을까? 독자가 나름의 감성으로 그 파편들을 잘 꿰맞추어 '공감적 자기 동일시'를 느끼게 된다면 우리 사회는 더 발전할 거라고 생각한다. 이때가 작가의 창조성이 빛을 발하는 순간이기도 하다.

첫 소설집을 출간하며 가슴 떨리고 부끄러운 마음이 크다. 그래도 내 작품에 감응하면서 좀 더 나은 세상을 꿈꾸는 독자가 있을 거라 믿으며, 우리네 삶의 여정에 <거울과 태양>을 곁에 두고 옅은 미소를 지을 수 있기 바란다.

끝으로, 책을 출판하기로 해주신 한국학술정보(주) 관계자들과 대표님께 감사의 인사를 올린다.

2012. 1.
인수봉 자락에서 새봄을 꿈꾸며
明風 박 진 훈

목차

01

거울과
태양(太陽)

．．．．．．

　부친의 발인(發靷) 날이 되었다. 하늘은 우중충했고 엷은 안개가 낀 날이었으나 2월 말에 느끼는 춘삼월의 봄바람이 상큼하기까지 했다. 집 앞에는 영생(永生) 장의사라고 쓰인 영구차가 서 있고 관을 넣는 뚜껑이 열려 있었다. 집 뜰에는 양쪽 교회에서 온 신도들뿐만 아니라, 도처에서 모여든 많은 사람들이 모여 있다. 몇 명의 사진기자들이 여기저기서 카메라 플래시를 터뜨리며 열심히 사진을 찍고 있다. 모친과 동생 은숙이의 눈이 두꺼비 눈망울처럼 퉁퉁 부어 있다. 그러나 나는 하나도 슬프지 않았다. 마음속으로 '혹시 현정이가 오지 않았나?' 생각하면서, 오히려 엄친의 시신 앞에서 맛보았던 일종의 카타르시스를 살짝 느끼고 있었다.

　교인들은 "며칠 후, 며칠 후, 요단강 건너가 만나리……" 하는 찬송을 열심히 부르고 있다. 그렇지만, 나는 어서 관이 땅속에 묻히기를 바라는 심정이었다. 드디어 십자가로 덮인 관이 차의 뒤 트렁크에 넣어지고, 사람들이 모두 차에 올라타자 운전사는 시동을 걸었다.

차는 천천히 집 앞 골목을 빠져나가기 시작했다. 온통 하얀색으로 도장을 한 영구차가 시꺼먼 색의 바퀴가 굴러야 움직인다는 사실을 깨닫고서, 나는 다시 부친의 삶에 대한 아이러니를 떠올렸다.

(하얀색이 참(眞理)이고 검은색이 거짓(僞善)이라면 그 둘은 내가 타고 가는 이 차의 관계처럼 서로 콜로이드 입자로 뒤엉켜서 존재해야만 하는 것일까……? 어쩌면 인간의 삶 자체가 진실이 감추어진 채로 거짓에 끌려가는 것이 아닐는지……?)

차 안에서는 간간이 웅얼거리는 기도 소리가 들렸다. 모친과 나를 위로하느라고 애쓰고 있는 최(崔) 집사의 얼굴을 피해 나는 차창 밖으로 얼굴을 돌렸다. 이제 차는 동대문을 벗어나서 의정부 쪽으로 달리고 있었다. 시선을 바깥 풍경에 고정시키던 나는 목사였던 부친과의 관계를 상기하고 있었다.

비쩍 마른 체구에 키가 6척(尺)에 가까운 아버지는 목사로서 언제나 근엄하였다. 당신은 나에게도 엄숙하고 경건하게 살기를 강요하셨다. 부흥회도 자주 인도하러 다니셔서 교계(敎界)에서도 꽤 명성을 얻고 계셨다. 때때로, 엄친의 신앙은 놀라운 것이었다. 개척교회 당시 할아버님께서 물려주신 우리 집을 저당 잡혀 교회를 지었으나, 집은 넘어가고 말았다. 그때 교회 본당 마룻바닥에 꿇어앉아 눈물로 기도만 하시던 당신…… 아무리 더운 여름에도 핫팬츠나 짧은 소매 셔츠를 입지 않고 결코 선풍기 바람 한 점 쐬지 않으면서도, 자세 한번 흩트리지 않고 성경을 읽으셨다. 북풍한설에도 내의마저 입지 않고 금식하면서 냉방에서 꼿꼿이 기도하시던 당신. 그리스도의 고난에 동참하겠다는 엄친의 신앙은 가히 나의 경탄을 자아내고도 남았다. 말수가 적은 편이었고 모든 고통을 홀로 감수하던 당신이셨다. 타인에게는 언제나 관대하고 한 번도 언성을 높인 일이 없었다. 불쌍한 사람을 보면 가지고 있던 것을 모두 내주고 들어오는 날도 허다했다. 그럼에도 불구하고 그러는 그가 내 눈에는 바리새파 사람처럼 보이곤 했다. 내가 이러한 판단을 굳힌 사건은 스무 살, 대학 1학년 때였다.

당시 나는 부친의 교회에서 주일학교 교사를 하고 있었다. 어린이 예배가 파하고 11시 대예배가 시작될 때까지 한 시간의 공백이 있었다. 그날 부친은 어린이들에게 시편 23편을 통독하게 한 후 '선(善)한 목자(牧者)'의 비유를 들면서 설교했다. 잃어버린 한 마리의 어린양을 찾아서 산 넘고, 물 건너, 굶주리면서 애타게 찾으시는 주님에 대한 것이었다. 목사님은 "여러 어린이들도 예수님처럼 온갖 역경을 뚫고서 길을 잃고 헤매고 있는 어린이들의 전도에 힘을 써야 해요." 하는 말을 덧붙이고 설교를 끝냈다.

그런데 유년부 예배가 파하자 어린 초등학교 3학년 어린이가 울고 있었다. 가친이 이유를 물어 보니 꼬마 아이는 흐느끼면서 겨우 말을 이었다.

"옆집 다섯 살짜리 숙자를 데리고 왔는데, 걔가 없어졌어요. 숙자 엄마는 데리고 가지 말라는 것을 몰래 데려온 거예요. 어떻게 하면 좋아요. 흑흑흑……."

사연을 들은 가친은 아이를 달래기는커녕 "왜 그런 애를 데려
왔어!"라고 하면서 야단만 쳤다. 그리고는 총총히 당회실로 들
어가 버렸다. 유년부 교사들도 입으로는 안타까워하면서도 아
무런 일도 없었다는 듯이 대예배 참석 준비를 위해 성가대실
로 조용히 사라졌다. 그런 와중에서 정작 애를 찾아 나선 것은
어린 꼬마들이었다. 얼마 후, 사찰(司察)의 사택에서는 숙자 어
머니라는 사람이 섧고 애끓는 울음을 토해 내고 있었다. 바로
그 시간에 목사는 <소자(小子)에게 행한 작은 일>이란 제목으
로 설교를 하고 있었다. 신앙적으로 하나도 잘못이 없는 초등
학생을 야단만 치던 그 입술로……. 나는 거기서 한국의 기독
교는 입술에만 달린 크리스천이라는 것을 새삼 깨닫게 되었
다. '입만 나불거릴 줄 아는 한국의 예수쟁이들……' 성도가
모인 교회 내에서조차 말과 행동 사이의 불일치를 통철하게
느끼는 순간이었다. 숙자라는 아이는 저녁 여섯 시가 되어서
파출소에서 겨우 찾았다.

그날 숙자 어머니의 구슬픈 울음은 나에게 '한국적 기독교'라
는 것에 대한 깊은 회의를 느끼게 해주었다. 내 가슴에 돌개바
람이 불어와 내게 남아 있던 기독교에 대한 믿음의 씨앗을 날
려 버리는 전주곡이었다. 그 사건이 있은 이후로 나는 가친이
시무(視務)하는 영생교회에 나가지 않았다. 얼마 동안, 교회 근
처에도 가지 않던 나는 봉천동 꼭대기에 있는 개척교회에 나
가기 시작했다. 그것은 내가 나이가 들자 가친의 직업(?)에 대
한 회의가 생긴 탓도 있었으나, 오히려 한국적 예수쟁이들에

대한 반발심이 더 컸었기 때문이었다.

가친을 바리새파인이라고 단정 지은 또 하나의 사건은, 내가 사귀던 여자친구 현정이를 집으로 데려왔을 때 발생했다. 어렵게 들어간 대학의 납입금을 내고 집에 돌아오자 가친은 나에게 훈시를 하였다.

"성철아, 네게 대학 생활에서 두 가지 계율을 알려줄 것이 있다. 첫째는, 술·담배·여자를 멀리하라는 것이고 둘째는, 믿지 않는 친구들을 사귀지 않도록 하거라."

나에게 조용히 훈시하시는 그분의 어조는 간곡했다. 그러나 나는 대학생활 3개월 만에 두 가지 계율을 의식적으로 다 파계해 버렸다. 그 까닭은 한국 기독교인에게서 나는 고지식하며 아둔한 냄새가 모내기할 때 정강이에 달라붙어 피를 빨아 먹고 사는 거머리처럼 싫었기 때문이었다. 다른 것과 달리 여자 문제는 좀 시일이 걸리긴 했지만……. 철학과 2학년이었던 현정이는 독실한 불교신자였다. 물론 가친의 반대를 예상하지 않은 것은 아니었으나 그가 간직한 높새바람은 너무 강해서 내가 휘청거릴 정도였다. 가친은 그녀가 작별 인사를 할 때까지도 싫어하는 기색을 보이지 않았으나, 그녀가 돌아간 후에 부친은 단호한 어조로 내게 말했다.

"네가 그 아가씨와 계속 사귄다면 난 너를 나의 믿음의 형제로 여기지 않을 것이다. 아들보다도 하나님의 뜻을 따라 사는 사람이 내겐 더 소중하니까……."

이 말을 마치고 목사님은 뒤도 돌아보지 않고 서재 겸 기도방으로 쓰는 골방으로 들어가 문을 걸으셨다. 간간이 "아버지,

이 시험을 이기게 하소서" 하는 기도 소리가 내 귓전을 어지럽히고 있었다. 난 그때만큼 가친이 어리석어 보일 수가 없었다.

내가 현정이에게 부친에 대해 갖고 있던 감정을 토로하자 그녀는 오히려 나의 아버지를 두둔하고 나섰다. 그러나 나는 엄친을 망가뜨려 버리기로 결심을 하기 시작했고 가슴속 깊이 비수 하나를 곱게 숨겨 두었다.

(철저히 바스러뜨릴 거야. 그의 모든 정신적 위선을 벗겨 버리고 말 거야.)

나는 아버지의 심장에 못 하나를 깊게 박아 놓았다. 그런 감정은 목사라는 아버지가 미워서가 아니었다. 그보다는 하나님을 잘못 이해하면서도 그것이 절대적 진리라고 믿고 있는 우물 안 개구리 같은 가련한 한국적 예수쟁이들에 대한 일종의 비애감이었을 것이다.

영구차 안은 여전히 기도 소리가 허공을 맴돌았고, 모친은 사모(師母)로서의 위엄을 보이려는 듯 입술을 지그시 깨물고 있었다. 동생 은숙이는 손수건으로 눈물을 훔치면서 고개를 앞좌석에 기대고 있었다. 나는 다시 차창 밖으로 눈길을 떼었다. 멀어진 듯하면서도 다시 이어지는 가로수들은 아직도 앙상한 모습이었고 가끔 잔가지가 바람에 흔들렸다. 지금 불고 있는 바람의 빛깔은 어떤 색(色)일까? 하는 의문이 잔잔한 파문처럼 일었다. 차창에 눈길을 고정시키던 나는 철 이른 원피스 차림의 아가씨가 시야를 사로잡았고, 불현듯 그녀에 대한 상념에 빠져들기 시작했다.

"성철씨, 이제 우리 그만 만났으면……, 좋겠어."
못마땅한 어조로, 그녀의 어줍지 않은 언어들이 내게 다가와 북풍의 그림자를 짙게 깔고 있었다. 그녀와 3년간 짧지 않은 만남의 세월들. 그 속에서 나와 그녀의 가슴 사이로 따스한 봄바람이 분 것은 얼마나 긴 시간이었을까? 하고 자문자답했다. 나는 속으로,

(침착하자. 어차피 올 것이 오고 만 거야. 그러니까, 하등 슬퍼하거나 미워할 필요도 없는 거야. 오히려 깨끗이 돌아서는 거야.)

라고 되뇌고 있었으나, 정작 입술은 냉정을 잃었다.
"아니, 왜 또 내 가슴에 비수를 던지는 거야? 내가 언제 미운 벌레가 되어 모로 긴 적이 있니? 내 행동이 너의 비위에 거슬리게 한 적이라도 있었냔 말이야?"
"성철 씬, 항상 그런 식이더라. 그 이유를 꼭 내가 말해야 돼? 우리의 만남은 추풍(秋風)과 같았어. 그러니 한 달 동안 만나지 말고 서로 잘 생각해 보기로 해."
그녀는 원망이 가득한 음색으로 대꾸했다. 실은 나도 그녀가 나의 이상형이라고 생각하지 않았다. 그럼에도 나는 그녀에게 계속해서 끌려가고 있었는데, 막상 헤어지자는 소리가 나오자 왠지 가슴 한복판에 휑한 바람이 몰아치는 기분이었다. 허나,

강해지고 싶은 마음이었다. 헤어지는 뒷모습이나마 추하게 보이고 싶지 않았다. 이때가 올 경우 서로에게 아픔을 삭이며 쓴 웃음을 띠우지 말자고 굳게 마음먹고 있지 않았던가. 우리는 이렇게 이별연습을 하고 있었다.

"좋아, 마음대로 해. 이것이 슬픔이라면 난 너를 미워하지 않을 거야. 이것이 고통이라면 널 시기하지 않으마, 아니 이것이 절규라 할지라도 난, 너를 증오하진 않을 거야."

"너무 심각해하지 마. 세월이 흐르면…… 별일이 아닐 수도 있을 거야."

"그래, 웃음으로 눈물을 받아 내는 건 쉬운 일이니까. 퍼렇게 멍든 하늘이 신음한다 하더라도 우리는 훗날 서로를 용서하며 병든 가슴을 추스를 수 있겠지."

"나, 먼저 일어날게요."

"알았어……. 혹시라도 내가 그리워지면 하시(何時)라도 연락해." 그러나 마지막 말은 가슴속에서 맴돌 뿐, 입 밖으로 나오지 못했다.

소파에서 일어서 다방을 나가는 그녀의 뒷모습은 몹시 당당해 보였다. 그렇게, 우리는 작년 8월에 헤어짐을 체득하고 있었다. 나는 종종 그녀를 병든 장미라고 불렀었고, 그녀는 나를 세태(世態)를 불신하는 이방인이라고 했다. 그리하여 만남이 지속될수록 서로에게 아물지 않는 염증만 점점 커지고 있었다. 마침내, 이별이라는 세월의 질타 속에서 나는 치유될 수 없을 것 같은 상처를 보듬고 있었다. 이제는 헤어짐을 거부할 만큼 그녀를 향한 관심도, 그녀를 붙잡을 일말의 여력도 없었다. 서로의 만남은 어쩌면 처음부터 잘못 얽혀진 매듭이었나 보다. 실낱같은 희망을 부여잡기에는 너무 지쳐 있었다. 단 한 번도 내게 사랑이라든지 좋아한다는 단어조차 허용하지 않았던 그녀였다. 그녀의 표현을 빌면 서로 떨어져 있음으로 하여 우리의 만남이 얼마나 소중했던가를 깨닫게 될 거라고 했다.

(아! 타인에 대한 사랑은 내게 머물 수 있는 단어가 아님을…….)

그날 이후 나는 자주 한숨을 내쉬었다. 나의 가슴엔 허리케인이 몰아쳤고, 늦여름의 화사한 햇살이 두려워지곤 했다. 검은 커튼이 마음의 창을 휘감고 있었다.

그녀와 이별 연습의 변주곡을 울린 후, 밤마다 나는 그녀를 살인하는 꿈을 꾸었다. 장소는 나의 구석방이었다. 나의 손에 들린 무기는 날카로운 거울 조각이었다. 그러나 그 일은 언제나 미수에 그치고 말았다. 다음 날 아침이 되어 칼잠에서 깨어 눈이 떠졌을 때, 죽어 있는 것은 반대로 나의 육신이었다. 달력은 벌써 시월도 중순을 가리키고 있었으나, 나는 온몸을 땀으로 멱 감고 있었다. 그러면 한동안 거칠어진 살갗의 표피에서 스멀스멀 죽음의 타액이 묻어 나왔다. 견디기 힘든 나날 속에서도 '나는 언젠가는 나의 부친 그리고 그녀까지도 바람의 서(西)편으로 보내 버릴 것이다' 하고 다짐하곤 했다.

영구차는 어느덧 의정부를 벗어나고 있다. 나는 아직도 얼굴을 차창 밖으로 돌린 채였다. 그때 청년회 회장이 다가와서 나를 나직이 불렀다. 그러나 나는 그가 하는 말에 건성으로 대꾸를 하다가 무의식적으로 손을 호주머니에 찔러 넣었다. 손에 닿은 것은 손수건에 싸인 유리 조각의 촉감과 그 날카로운 느낌!

최근에 잠들지 못하는 육신을 추슬러 기상을 한 내가 맨 처음에 하는 일은 기십 분 동안 거울을 보는 것이다. 내 방에는 사방의 벽 여기저기에 13개의 거울이 걸려 있다. 거울을 대할 때, 대개는 하루를 연명해야 하는 것에 대한 통한의 비굴감을 느끼곤 한다. 아울러 나는 거울 안에서 속으로 울음을 삼키고 있는 타인을 언뜻언뜻 발견한다. 그는 사람이라기보다는 흡사 연체동물과 같은 희미한 모습으로 투영되고 있다. 그럴 때면, 거울에서 무채색 바람이 인다. 그 바람을 좇아 거울 속에서 누군가 나를 위해 울어 줄 것이라는 자위로 생의 가치를 찾으려 했으나 어떤 형태의 눈물도 비치지 않는다. 그리하여 하늘마저 울음을 낳지 않는 날에는 거울 속의 나도, 거울 밖의 타인도 서로가 짊어진 아픔을 함께 나눌 수가 없었다.

그날도 비는 오지 않았고, 나를 비치고 있던 면경(面鏡) 속에는 현기증이 일 만큼 표정 없는 낯선 자가 서 있었다. 나는 몹시 화가 나서 거실로 나가 망치를 찾았다. 한참을 헤매다 손 망치를 찾았고 곧장 방으로 들어와 머리맡에 걸린 면경을 산산이 깨뜨려 버렸다. 두려움과 섬뜩함을 예견하고 몸을 순간적으로 움츠리던 나는, 의외로 유리가 깨질 때 나는 그 청아하고 명쾌한 음(音)의 빛깔을 느낄 수 있었다. 그날 이후로 칡뿌리처럼 질긴 불면의 밤에 유리를 깨는 작업(?)을 즐기게 되었다.

" 짜－앙－－－."

" 짜－ㅇ."

"쨍그러어－ㅇ."

유리가 자신의 몸을 허공에 던질 때 내는 소리도 좋았지만, 조각난 파편들을 유심히 쳐다보는 즐거움도 있었다. 아니, 그 느낌은 쾌감이 아니라 지나온 나날들에 대한 반추였을 것이다. 나는 쓰레받기에 담아 버리려던 글라스 조각들을 하나씩 주워 천천히 들여다보았다. 꼭 닮은 형태의 조각은 하나도 없었다. 제각기 다른 모습들. 매우 자잘한 부스러기부터 상당히 길쭉하고 날카로운 가지가지의 생김생김. 무심코 유리 파편들을 관찰하고 있던 나는 그 갖가지의 무수한 단편들이 어쩌면 내가 살아온 날들의 분신일지도 모른다는 생각이 뇌리에 박혔다. 내가 눈만 뜨면 대하게 되는 그 거울의 작은 파편들……. 그리고 여태까지 지나온 날들 속에서 떨어져 나간 삶의 부스러기들……. 그토록 많은 세월은 아니지만, 내가 가꾸어 오던 화단의 꽃잎이 삭풍(朔風)에 흩날리듯 내 곁에서 흩어져 간 하루하루의 단편들……. 나는 그것들이 요정의 지팡이 같은 망치로 인해 다시 내 앞에 유리의 바스라기로 되살아난 것 같은 착각에 사로잡혔다. 이것은 환각으로 이어진 환영이 분명하였으나, 나는 덫에 걸린 가엾은 승냥이마냥 유리의 환영 속에서 한참을 허우적거렸다.

이윽고, 정신을 차린 나는 쓰레기통에 버리려던 면경의 도막난 부분들 중에서 가장 긴 것을 조심스럽게 손수건에 싸서 책상 아래 서랍에 넣어 두었다. 망치도 함께. 그리고 나서야 잠을 청할 수가 있었다. 여느 때처럼, 눈꺼풀이 허공으로 열리고 동공 안으로 희미한 빛이 들어오자 세수를 하기 전에 석경(石鏡)을 들여다보았다. 일어나기가 싫어서 엎드린 채로 머리맡에 있는 거울을 집어든 것이다. 한동안 석경을 직시했다. 푸석푸석한 사과 같은 몰골을 한 어떤 사나이를 한참을 쳐다보고 있었다. 그때 햇살이 방 안으로 서서히 기어들어 오기 시작했다. 내 방에 햇빛이 비치는 것은 정오가 지나야만 가능하다. 그것도 세 시간밖에 머물러 있질 않았으나, 나는 오히려 이런 구석진 방이 주는 일종의 모반감에 흠뻑 취해 있었다. 햇볕의 화살이 거울에 반사되었고 나의 흰자위에 경련이 일었다. 눈을 자꾸 슴벅거리자 거울 속의 사나이는 자신을 지키기 위해서 썼던 가면들을 한 꺼풀 한 꺼풀씩 벗고 있었다. 어느덧 자기의 속살을 드러낸 그는 조금씩 체읍(涕泣)하고 있는 것이 아닌가? 그렇게 한 시간쯤 나의 벌거벗은 알몸을 응시하고 있었을까? 별안간 석경에서 나를 내려다보고 있는 사람이 있었다. 그건 바로 그녀였다. 아니 엄친(嚴親)이었다. 곧 두 사람이 번갈아 오버랩되고……. '내가 지금 환상에 빠져 있구나' 하고 웅얼거리며 눈을 크게 씀벅거린 후 다시 석경을 들여다보았다. 역시 마찬가지였다. 그래서 이번에는 물러서지 않고 눈싸움이라도 하듯이 그 둘을 뚫어져라 치켜 보았다. 잠시 후, 잔주름 투성이의 깡마른 얼굴의 노인이 매서운 눈으로 거울 밖의 나를 쏘아보고 있다. 아버지의 형상이었다. 순간적으로 석경을 힘껏 내동댕이쳐 버렸다. 동시에 나는 불에 덴 짐승마냥 화들짝 놀라 일어서며 외쳤다.

"모두 없어져라! 나를 둘러싸고 있는 모든 바람을 자르고 말 테다."

영구차 안이 갑자기 덜컹거렸다. 차가 비포장도로로 접어들자 사람들은 순식간에 중심을 잃고 허공에서 바동대고 있다. 긴 상념에서 깨어난 나는 겨우 엉덩이를 다시 의자에 고정시키고 창밖에서 뿌옇게 날리는 먼지를 멀거니 바라보고 있다. 어쩌면, 저렇게 바람 부는 데로 휘날리는 먼지가 내가 살아온 인생의 발자취가 아니었을까? 하는 감상이 문득 들었다. 어떤 대자연의 법칙에 따라 부는 봄바람이 아닌, 기계와 엔진의 힘, 즉 인공의 힘에 의해 떠밀려 다니는 초라한 먼지들…… 나는 그 와중에서 나를 일으켜 세운 것은 과연 무엇일까? 하고 자문해 보았다.

(정처 없이 떠도는 바람과 같이 살아온 날들은 어느 곳에서 안식을 취할 수 있을까……?)

내가 그녀와 헤어진 얼마 후, 모든 것을 훌훌 털어 버리기 위해 부삭정 집을 나섰다. 그러다가 강릉에 있는 친구 집에서 사흘 동안 외박을 했다. 나흘째 집에 들어왔으나 나를 본 부친은 아무 말이 없었다. 잠시 무슨 말인가를 하려고 하더니, 밭은기침을 두어 번 하고서 곧장 골방으로 들어갔다. 이어서 기도 소리가 내 귓가를 맴돌고 있었다. 죄송하다는 말보다도 내 방 도처에 걸려 있는 거울 앞에 서서 나를 바라보고 싶었다. 방에까지 따라 들어온 어머니는 걱정 가득한 목소리로 내게 물었다.

"웬일이냐? 전화라도 한 통 하지 않고선……."

"……."

내가 아무런 대꾸를 하지 않은 것은 나의 아픔을 남에게 전가시키고 싶지도 않았고, 또한 나의 슬픔이 타인에게 옮겨질 수 있는 그런 성질의 것도 아니었기 때문이었다. 그래서 아무 대답도 없이, 계속해서 책상 앞에 매달린 체경(體鏡)만 바라보고 있었다. 거기에는 꽤 초라한 몰골의 늙수그레한 청년이 서 있다. 순간 나는 또 거울 속의 나를 깨 버리고 싶었다. 서랍을 열어 망치를 꺼냈다. 그런 다음 벽에 매달려서 나의 전신을 다 비춰주고 있는 체경을 바라다보았다. 거울의 윗부분에서 부친이 하얀 페인트로 친히 쓴 글귀가 선명히 빛났다.

진리가 너희를 자유케 할지니라. (JOHN 8:32)

망치를 쥔 손에 힘을 주었고 글씨를 향해 힘차게 내리쳤다. 두 개의 물체가 서로 맞닥뜨렸고 "쩡!" 하는 묘한 음이 났다. 체경의 윗부분이 박살났고 파편들이 방바닥으로 떨어져 내렸다. 다시 거울을 내려치려고 하자 모친이 내 팔을 잡았다.

"놓으세요, 어머니. 난 나의 껍질을 깨뜨리고 있을 뿐이에요."

나의 억양은 격해 있었으나 팔에는 힘이 없었다. 곁에 서 있던 그녀가 망치를 빼앗았다. 여느 때 같으면 용납할 수 없는 일이었으나, 오늘은 순순히 무기를 빼앗겼다. 모친은 성급히 방을 빠져나갔다. 나는 다시 체경 앞에 섰다. 나의 상반신은 도적을 맞은 채였고 하반신만 또렷이 보였다. 옆에 걸린 조그만 거울 들이 여러 각도에서 상체를 부분적으로 비춰주고 있다. 언뜻, 나의 머리와 가슴을 누군가에게 강탈당했다는 생각이 들었다. 차가운 두뇌와 감정이 뒤엉키며 마음 저편에서 된새바람이 일 었다. 나는 '나의 머리와 가슴을 훔쳐 간 것은 그 두 사람일 거 야'라고 단정 지었다. 곧이어 무릎을 접고 주먹으로 거울의 하 단부를 강타했다. 몇 번의 둔탁하면서도 깨끗한 소리와 함께 유리가 여러 갈래로 찢겨 나갔다. 몇 조각의 유리만이 아직도 체경 틀에서 버둥대고……. 허리를 굽혀 바스라기들을 주워 모 았다. 그중에서 제일 큰 파편을 다시 손수건에 싸놓았다.

다음 날부터 나는 부친이 목회하는 반석교회에 나가지 않고 봉천동의 한빛교회에 나가기 시작했다. 모태신앙으로 어렸을 때부터 다니던 교회, 새벽 6시 가정예배를 하루도 거르려 하 지 않았던 가장, 성경 말씀으로만 자식을 가르쳐야 한다는 가 장의 신조, 언제나 엄숙하기만 하던 얼굴……. 이런 모든 것들 에서 본격적인 탈출을 시도했다. 그래서 부친이 시무하는 곳 에 나가지 않았고 내가 임의로 정한 교회에 나가기 시작한 것 이다. 그 까닭은 나이가 들자 부친의 소명의식에 대한 회의가 있기도 했으나, 그보다는 한국적 예수쟁이들에 대한 반발심이 더 커다란 이유였다. 새로 나가기 시작한 교회는 워낙 작은 개 척교회라서인지 등록을 하자마자 초등학교 5학년 교사로 임 명이 되었다.

그렇게 몇 주가 흐른 어느 주일이었다. 유년부 예배가 광고를 끝으로 파하자, 나는 어린이들을 가르치기 위해 분반(分班)을 하고 공과 책을 펼쳤다.

"자, 오늘은 17과를 공부한다. 성경책을 펴놔요. 그리고 누구 오늘 요절 외워 온 사람 없어요? 우리나라의 단군 역사도 함께 배울 거예요. 자, 누가 해 볼까?"

그중에서 제일 똑똑하던 상원이가 나를 힐끔 쳐다보더니,

"선생님, 오늘은 17과가 아니고 18과예요. 요절은, 내가 너희를 사랑한……."

하면서 18과의 요절을 힘차게 외우고 있었다. 그 옆에 앉아 있던 장난꾸러기 재찬이가 옆 친구에게 소곤거렸다.

"날씨가 더워지니까, 선생님이 미나리 먹고 미쳤든지, 도라지 먹고 돌았나 봐. 생강 좀 먹고 생각 좀 하라고 그래라 야!"

꼬마 녀석들은 키들키들 거리며 친구 인재의 옆구리를 쿡쿡 찌르고 있다. 평소의 풀풀한 내 성격 같았으면 이럴 때엔 아이들에게 꿀밤을 선물했을 것이다. 그러나 상황을 모면하기 위한 농담으로 맞장구쳐 주지도 못하였다. 다섯 명 아이들의 웃음소리가 자지러지기 시작했을 때 나는 도망치듯 교회를 빠져나와 버렸다. 곧장 집에 돌아온 나는 묘한 수치감과 모멸감에 휩싸여 대낮부터 방바닥에 벌렁 드러누워 잠을 청했다. 초여름의 더운 날씨에도 불구하고 이불을 뒤집어썼다. 부친과의 단절, 그녀와의 이별……. 이제, 나는 어떤 바람의 형상을 붙잡아야 하는가? 그러다가 까무룩 잠이 들었다. 한참 후에 여고 3학년인 동생 은숙이가 나를 흔들어 깨웠다.

"오빠, 저녁 먹어. 벌써 여덟 시 반이야. 식사하고 아빠가 건너오래."

일어나기 싫어서 뒹그적 뒹그적 거리다가 잠도 오지 않아서 일어섰다. 밥상은 거들떠도 안 보고 부친의 서재인 골방으로 들어갔다.

"앉거라. 너, 요즘 다른 교회에서 하는 교사는 잘하고 있니? 오늘 뭐 안 좋은 일이라도 있는 거냐?"

몇 달 전부터 계속돼 온 부자간의 찐득한 사이가 끊이지 않고 있던 터라 잠자코 앉아 있었다. 그러자 그가 다시 입을 열었다.

"……어차피 인간은 나약한 존재니라. 그렇기 때문에 전능하신 하나님께 매달려 기도하면서 그분의 한없는 은총을 받아야 되는 거고……."

은은한 높새바람으로 나를 파고드는 그의 음성을, 나는 마풍(痲風)으로 맞았다. 지금 목사와 마주앉은 나는 여전히 전투에 나서는 군인 같은 느낌을 떨쳐 버릴 수가 없었다. 옅은 신음을 토해 내고 호흡을 가다듬었다.

"아버님, 인간을 무조건 나약하다고 하지 마세요. 신이 사람을 창조할 땐 하나님의 형상대로 만드셨다고 했지요. 그럼 하나님이 그토록 연약한 존재란 말입니까? 현재 한국의 기독교는 참신(GOD, 야훼)을 믿는 것이 아니라 잡신 중의 하나(god)를 믿고 있으면서 그것을 하나님이라고 명명(命名)한 셈니다. 한국은 토테미즘과 애니미즘이 강했었는데, 기독교가 들어오자 조선의 무속 신앙과 결부해 버린 거죠. 그래서 '신은 절대적인 힘을 가지신 분이기 때문에 빌기만(기도) 하면 주신다. 안 주시는 것은 기도(정성)가 부족하거나, 신의 뜻에 합당하지 않기 때문이다'라고 하는 말은 조선의 민속 신앙과 조금도 다를 것이 없습니다. 장로교(長老敎)의 마틴 루터의 교리에서도 하나님의 특성이 모가장(母家長)적인 것보다는 반대로 명백한 부가장(父家長)적인 성격을 보이고 있어요. 무조건적이며 모두를 감싸주는 어머니적인 사랑에서, 명령을 내리고 원리와 법칙을 확립하는 아버지적인 사랑으로 넘어온 거죠. 그런데 에리히 프롬은 ≪사랑의 기술(The Art of Love)≫에서 구약시대에 '처벌의 신'이 신약에서는 '포용의 신'으로 바뀌었다고 주장하고 있습니다. 이렇게 신의 개념은 시대에 따라 변천했어요. 우리의 이성으로 규정할 수 있는 절대자조차 시대에 맞춰 각색이 된 것이지요. 이런 면에서 볼 때, 우리나라도 한국적 기독교를 만들어내고 있습니다. 한국에서는 아직도 태고의 무속 신앙 속에서 명칭만 기독교로 바뀌었죠. 그래서 돌이나 나무가 아닌, 십자가라는 형태만 바뀐 신을 믿고 있습니다. 그 까닭으로 교회에서는 신성한 체하지만 교회 문턱만 벗어나면 안 믿는 사람들하고 똑같죠. 어떨 땐 더 악한 일도 서슴지 않고……. 이런 형상은 무속 신앙에서 제사를 드릴 때는 엄숙하지만 예식이 끝나면 일상생활로 돌아와 버리는 무당들의 푸닥거리와 진배없죠. 기독교의 예배의식과 무당의 푸닥거리가 무엇이 다릅니까?"

내가 일으킨 회오리바람이 너무했나 싶어서 부친의 안색을 살피며 말을 중단했다. 한동안 사시나무에 이는 바람처럼 노여움으로 몸을 떨던 부친이 말을 받았다.

"그런 말은, 진리를 단편적으로만 보고 하는 사람들의 말일 뿐이다. 지금 네가 절대적이라고 믿고 있는 그것이 곧 진리의 실체는 아니란다. 어떻게 인간의 짧은 지식으로 하나님의 깊고 오묘한 뜻을 알겠느냐?"

그가 말을 더 이으려 하자, 나는 칼날과 같은 어투로 그의 말을 잘랐다. 나의 음색에 쇳소리가 끼기 시작했다.

"아녜요, 목사님! 기독교의 기본 원리가 무엇입니까? 무엇보다도 교회에서는 봉사와 구제가 선행되어야 합니다. 그럼에도 불구하고, 한국 교인만큼 구제에 인색한 백성도 없어요. 크리스마스 때나 불우한 이웃을 형식적으로 찾아갈 뿐, 다른 때는 교인들끼리 필요 이상으로 야유회를 가고 있습니다. 물론 성도의 교제도 중요한 건 알아요. 하지만 구제는 뒷전이고 교제에 너무 치중하니까 문제죠. 기독교에서 배척하는 유대교를 믿는 유태인은 걸인을 위한 모금을 쉬지 않습니다. 아무리 없이 사는 사람일지라도 말예요. 불교에서도 고통받는 사람들을 제도하기 위해 애쓰고 있습니다. 기독교에서 이단이라고 몰아치는 천주교에서는 구제 활동이 상당히 활발하게 전개되고 있어요. 그렇지만 한국 교인은 아무도 모르게 하는 구제 활동은 1년에 서너 번 정도나 할까요? 교회 건물 확장과 치장에는 엄청난 돈을 쓰면서도, 매일 지나치는 육교나 지하도의 걸인에게는 동전 몇 닢 보태 주는 것조차 부적이나 인색해요... 또 아버님께서 제가 대학 1학년 때 친구였던 현정이에게 대한 태도에서처럼, 한국 예수쟁이들은 결혼할 때 믿지 않는 사람들보다도 훨씬 더 따져요. 종교라는 미명하에서 횡행되는……. 모두 잘못된 겁니다. 무신론자인 니체를 깔보시지만 말고, 그가 왜 "신은 죽었다!"고 외쳤는지를 명심하세요."

부친이 호수에 파문을 일으키는 바람 같은 목소리로 내게 질문을 던졌다.

"그럼, 성철이 너는 불신앙의 세력인 악과 손을 잡으려는 것이냐? 어째서 기독교의 단점만을 보려고 하는 것이냐?"

"그건 아닙니다. 그러나 악을 모르는 선은 선이 아녜요. 그 논리는 <Young Goodman Brown>에서의 주인공인 브라운하고 똑같은 겁니다. 악의 본질을 올바르게 알고 있어야 진정한 선을 행할 수 있습니다. 예수도 당시에 멸시, 천대받는 사람들, 즉 그 당시 사람들이 악한이라고 단정한 창녀, 세리, 병자 들을 찾아다니셨어요."

"우리가 예수님이 될 수는 없는 것이다. 성철아! 너는 인성과 신성을 함께 지니시고 성육신(聖肉身)하신 그분을 닮을 수 있다고 믿는 거냐? 우리 인간은 주님의 그림자만 닮아도 위대한 성인이 될 수 있다."

부친은 삭풍 같은 단호한 의지를 나타냈지만 나는 속으로 쓴 웃음을 머금고 있었다.

(… …목사님. 저는 당신의 허풍(虛風)을 파멸시키고 말 겁니다. 당신의 가면을 벗겨 드리죠. 당신이 믿고 있는 진리, 그것은 한국적 예수쟁이들의 가식입니다. 당신은 그 가식을 붙잡고 있을 뿐이에요.)

라고 생각하며, 나는 부친에게 지지 않겠다고 다짐하고 가슴에서 일고 있던 비수 같은 바람을 그에게 몰아붙였다.

"예수께선 바리새인들을 보고 회칠한 무덤이며, 독사의 자식들이라고 질타하셨어요. 지금, 그 말씀이 바로 이 땅의 한국적 목사들에게 하시는 말이라고 저는 생각합니다. 이곳의 목사들은 자연스럽게 바리새인들이 돼 가고 있을 뿐입니다. 서로들 몇 꺼풀의 가식들을 쓰고서 그곳에 안주하고 있죠. 아버님! 종교는 인간 존재의 근원에 뿌리를 두고 있으며 또한 인간을 역사 속에서 파악하고 있습니다. 마틴 루터가 종교개혁을 일으킨 이후, 기독교는 인간의 노동을 장려했으며 전에는 금기시되었던 이자(利子)놀이가 허용되지 않았습니까? 그러므로 종교는 역사의 근저에 있는 근본적인 것을 늘 염두에 두면서, 아울러 그 역사를 초월한 그 무엇(神)을 생각하고 그것과의 연관 속에서 인간을 파악합니다. 불가(佛家)에서도 석가모니께서 사밧티의 녹자모 강당(鹿子母 講堂)에서 당시 가장 높은 종족이라고 자처하는 바라문 사람들을 향해,

"너희들의 네 가지 종족이나 계급은 그 사람의 혈통이나 신분으로도 차별되는 것이 아니다. 우리 모두가 똑같은 사람이다. 누구든지 번뇌가 없어지고 청정한 계행(戒行)이 성취되어 생사의 무거운 짐을 벗어 버리고 완전한 지혜를 얻어 해탈의 경지로 도를 이루었다면 너희는 여래(如來)를 의지하여 새로 얻어 성취된 정정한 계행의 봄이요, 선정(禪定)의 봄이요, 해탈지견(解脫之見)의 몸이기 때문이다. 왜냐하면 진리만이 이 삼라만상에서 가장 높은 것이기 때문이다."

이라고 하셨어요. 이처럼 기독교뿐 아니라 모든 종교, 인간 누구나 유사 이래로 진리를 탐구해 왔습니다. 아버님께서도 아집과 독선에서 벗어나 참된 진리를 갈구하시고 찾아내세요.

이제는, 한국적 기독교가 씌어 놓은 목사님의 가면을 벗을 때가 되었습니다. 그리하여 진정한 하나님을 찾으십시오. 한국이라는 이 땅덩어리에서 다시 창출해 낸 신을 깨뜨리셔야 합니다, 아버님."

서로의 가슴 저편에서 돌개바람이 일었다. 언제 잠들지 모르는 끝 모를 바람이 나의 마음속으로 어지러이 날아다녔다. 얼마 후 부친의 두 눈에서 날카롭게 섬광이 빛났다. 그러나 그것도 잠시였다. 부친은 곧 힘없이 측은한 눈길로 나를 바라보다가 이내 시선을 거두어 버렸다. 그리고 의자에서 일어서서 내게서 등을 돌렸다. 그는 방바닥에 단정히 무릎을 꿇었다.

"아버지, 당신의 사랑하는 아들 성철이에게 사탄이 들어갔으니, 속히 주님의 피 묻은 손으로 속히 쫓아내 주십시오. 주여!"

부친은 가을바람이 섞인 목소리로 '주여!'를 외쳐 댔으나, 나는 그의 등 너머에서 애련의 눈길을 띤 장승처럼 우뚝 서 있었다.

서로 마파람의 끝자락을 태우며 무거운 언쟁이 있은 후부터, 각자의 내려앉은 가슴은 더욱 굳게 닫혀 버렸다. 당신은 설교하는 시간을 빼고 골방에서 꼼짝도 안 하셨고, 나 또한 내 방에서 여러 형태의 거울과 눈싸움을 하면서 시간을 보내고 있었다. 그러는 사이에 그녀와 헤어진 지도 보름이 되어 갔다. 여태 연락이 없는 것을 보니 나를 충실히 잊고 있는 모양인가 보다.

날씨가 유월을 넘기자 후덥지근하더니 장맛비가 시작되고 있다. 장대비가 오는 날은 유독 더욱 거울을 자주 보게 된다. 거울 속에서 살아온 나날만큼 쌓아 올렸다가 흩어져 간 소망의 파편들이 울부짖는 소리를 듣는다. 그런 다음, 밖으로 뛰쳐나가 비를 흠뻑 맞고 들어 와 거울 앞에서 병적인 가슴앓이를 해야 했다.

(바람이 언제쯤 나를 포근히 감싸 안을까? 한낱 타인을 위한 바람의 초침(秒針)은 아무런 의미가 없어. 바람은 나의 실존을 위해 내 속에 머물러야 해. 바람이 머물면 나의 가슴에 남는 것은 과연 무엇이란 말인가?)

시간 안으로 천천히 소멸해 가는 나를 느끼며, 자아를 내려칠 채찍을 만들고 있었다.

나는 자주 상념에서 깨어날 수밖에 없었다. 영구차가 비포장도로를 계속 달리기 때문에 나의 살집 없는 엉덩이가 고난을 당하고 있다. 시커멓고 커다란 바퀴가 울퉁불퉁한 자갈들을 넘을 때마다 차가 요동을 쳤고, 나는 당신이 가시는 마지막 길이나마 순탄하기를 빌었다.

(부친과의 불화는 진리에 대한 서로의 이념 사이였을지도 몰라. 과연 선친과 나 사이에 진정으로 상대방을 용서할 수 없었던 것은 무엇이 었을까? 빛깔도 없고 형체도 없는 진리라는 것을 왜 목숨처럼 소중히 하면서, 각자는 상대를 인정하려고 하지 않았을까? 그분은 진리의 어떤 형태를 잡으려고 살다가 가셨으며 나는 또 왜, 여기에 머물러 있는가… …?)

여러 의문이 꼬리를 물고 있을 때, 차 안에서 누가 먼저 불렀는지 알 수 없는 나지막한 찬송가 소리가 울렸다.

내 평생 소원 이것뿐 주의 일 하다가,
이 세상 이별하는 날 주 앞에 가리라.

끊길듯이 이어지는 권사들의 찬송 소리가 타령하는 소리처럼 들렸다. 나는 속으로 '저분들도 얼마 후에는 주님 앞으로 가겠지. 그네들이 믿고 있는 하나님은 진정한 신일까? 아니면, 무지개를 찾아 떠났다가 비슷한 모양의 기왓장을 발견하고 좋아하는 그런 하늘 님일까?' 하고 반문했다.

영구차가 비틀거리면서도 제 괘도를 잘 유지하면서 계속 달리고 있다. '아마 20여 분은 더 달려야 장지(葬地)에 도달할 수 있을 거야' 하고 웅얼거린 나는 다시 옛날로 돌아갔다.

그 당시(當時), 나는 또 하나의 버릇을 가꾸고 있었다. 그건, 거울이 걸려 있지 않은 방 벽의 공간에 글씨를 끼적이는 작업이다. 그날은 처음으로 벽에다 <사랑의 서(書)>라는 낙서를 하였다.

그리고, 그것은 내게 세월이기를 강요했고
현실이라는 이름을 사랑하라고 했다. 아픔과 고통을
함께 나눌 수 있는 바람이기를 빌었다.
허나, 사랑은 내 것이 아님을……

참으로 많은 이별이 흐르면
진실로 남고 싶었다.
가끔은 모두를 잃고
더 가끔은 '바람'과 '돌'이 되기를…….
얽매임이 싫었고,
하루는 '거울 바라기'라는 단어를 요구하며
저만치 물러간다.
불빛이 미워지고
아울러, 白紙만 보면 두려움으로 떨곤 했다.

삶이 의무가 아닌 권리로 다가온다.

바람이…… 가슴에서 부서지면
언제나,
남을 위하여 기도할 줄 아는 사람이 되자.

쓰기를 마치고 몸을 뉘였으나 잠이 올 리가 없다. 목사인 엄친
과의 불화, 그녀와의 헤어짐, 3년간의 소중했던 만남들……. 짧
게 그녀의 이름을 불러 보았다.
"현정(賢貞)아."
서서히 물소가죽처럼 질긴 불면의 밤이 나를 허문다. 헤어짐
은 내게 그만큼 어설프고 낯선 연습인가? 고통의 세월로 이름
지워진 그리움이 조각난 거울로 화(化)한다. 인연과 용기의 삼
각 함수를 사랑의 실체라 믿으며 다시는 그 어떤 형상의 성
(城)도 쌓지 않으리라.

응어리진 가슴이 숨을 멈추며, 소리가 허공 속을 떠다니고 있
었다. 멀리서, 아주 멀리서 들리는 그네의 목소리가 창백하게
돌아눕는다. 희미해지는 별들의 잔상이 강물 위로 뿌려지고,
새벽은 야윈 팔을 흔들며 원죄를 지우려고 애쓰다 잠든다. 내
게 거부당한 자아는 스스로에게 조소를 보낸다. 불현듯, 흐드
러지게 핀 진달래가 보고 싶다. 핏빛이 망울지는 시간 속에서
언어가 타살되고 있다.

**(진실이 현정이의 입과 눈망울에 있다면 떠나야 해. 지금, 나를 누르
는 이불의 무게가 숨을 질식케 한다.)**

다음 날, 시간이 오후 한 시를 가리키자 마지못해 일어났다.
아점을 먹고 밀린 번역에 손을 댔다. 대학 졸업 후, 불어 소설
을 번역하고 있었는데, 벌이는 신통치 않았으나 마음은 편했
다. 두 시가 되자 모친이 편지 한 통을 건네주었다. 발신인이
촘촘한 글씨체의 그녀였다.

To. 성철

쓸 말만 쓸게. 아직 우리는 서로를 용서하며 이해할
수 있기에 이별을 고(告)하는 거야. 그리고 부디, 열
심히 사는 달팽이가 되렴. 자신을 방어할 수 있는
고슴도치가 되렴. 결코 세상 사람들에게 해를 끼치
는 파리, 모기는 되지 말렴. 남을 위해 울어 줄(눈물

을 흘릴) 수 있는 참매미가 되렴. 오늘 하루가 生을 마감하는 날로 알고서 최선을 다하는 하루살이처럼 살렴.

순수한 미(美)를 망치는 진딧물은 되지 말렴. 타인을 위해 귀한 것을 남기는 꿀벌이 되렴. 자신은 옆으로 가면서도 똑바로 가라고 외치는 꽃게는 되지 말렴. 내일의 행복을 위해 오늘의 고통을 참아 낼 수 있는 개미가 되렴. 현실에 순종은 하나 맹종하지 않는 지렁이처럼 살렴. 날개를 달지 못한 애벌레로는 남지 말렴. 오색나비의 아름다움을 간직하렴.

아울러, 불의를 과감히 절단할 수 있는 사슴벌레가 되렴. 검은 몸빛에 남의 장난거리가 되어 재주를 넘는 딱정벌레는 되지 말렴. 남을 인도할 수 있는 불빛을 지닌 반딧불이 되렴.

깊은 물속은 모르고 물 위에서만 노는 소금쟁이는 되지 말렴. 자신을 희생함으로써 영원히 변치 않는 보석이 되는 조개가 되렴. 확실한 뼈대(인생관)도 없이 세상을 살아가는 낙지는 되지 말렴. 응달에서만 살다가 사그라지는 독버섯은 되지 말렴.

무쪼록, 창공을 훨훨 나는 독수리가 되렴.

가을의 문턱에서
현정이가

편지를 뒷주머니에 구겨 넣고 집을 나왔다. 초가을의 구름 사이로 그녀의 얼굴이 언뜻언뜻 나타났다 사라졌다. 술집에 들어가 혼자 소주잔을 쉴 새 없이 기울였다. 취기가 실핏줄 사이로 퍼져 갔다. 잔을 높이 쳐들었다가 입으로 갖다 댔다. 내 눈물샘에서 증류수가 진득거리기 시작했다. 요즈음 하루하루를 버티는 것이 힘들었다. 참으로 견뎌 내기 힘든 시간이 슬픈 전설처럼 느껴졌다.

"이 잔 속에 있는 너의 모든 것을 마셔 버릴 거야!"

하며 창업중생(創業衆生)이 불공을 드리듯 엄숙하게 입속으로 털어 넣었다. 진정으로 그녀를 사랑한다면 현정이가 내게 어떤 몹쓸 언행을 할지라도 미워하거나 욕을 해서는 안 되는 것이 아닐까? '못난 놈, 병신, 머저리, 쪼다, 쫄장부, 잘사코니!' 하고 나를 자학하면서, 나는 술잔을 바라보며 독백을 하고 있었다.

(너를 향한 인연의 줄이 '툭' 끊어져 버린 듯한……. 널 위해 만든 마음의 창(窓)이 있순간에 폭파되어 버린 거야. 허나, 내게 있어서 너는 그저 스쳐 지나가는 바람이 아니야. 너를 붙잡아 둘 테야. 내 따스한 창에 머물러 있으렴. 오히려 오늘 이별을 맞이하는 일이 삶의 빛깔을 아름답게 채색하는 데 밑거름이 될지도 몰라. 조금 더 세월이 흐르면 이 이별을 사랑의 실과(實果)를 위한 연단의 바람으로 맞이하마. 그렇지만 이것이 내 사랑에 대한 나의 타협이라면……. 싫다. 사랑의 허상을 움켜쥐고 허공을 향해 웃음을 날려 버려야 하니까.

나는 현재 가면을 쓰고 있는 것은 아니야. 단지 세월의 꺼풀을 쓰고 있을 뿐이야. 앞으로는 내 폐부에 삶의 그림자를 드리우는 작업을 해야 한다. 아울러, 작은 눈물의 시개울도 파 놓아야 하고……. 나를 이기기 위해서 네게 져 준다. 살아 있지 않다는 걸 증명하기 위해서 부지런히 삶을 되풀이하는 거야. 허(虛)이며 공(空)이고 싶어.)

집으로 돌아오는 골목길을 꺾는 순간, 나는 무엇인가가 뇌리를 스치는 것을 느꼈다. 그것은 내 손끝에서 떠나가며 결국엔 가슴에 남기를 주저했던 나날들이 무너지는 느낌이었다. 바로 그것이야말로 나의 폐부에 남기 위한 가녀린 몸짓이었다. 내 방으로 들어온 나는, 시선을 모으던 거울에서 눈을 떼고 몹시 떨리는 손가락으로 차가운 벽지에 회한(悔恨)의 바스라기를 갈겨쓰기 시작했다.

그래, 너를 위해 그림자를 남겨 둘 거야. 한 모금의 눈물을 담아 놓겠어. 현정! 너를 위해 장미의 화환을 만들어 둘 테야. 너는 내게 와서 장미 넝쿨로 피어나거라. 사랑을 밑거름으로 하여 가끔은 번민과 연정의 바람으로 커 가는 꽃이 되렴. 현정이의 그늘에 쉬기도 하고, 향 내음에 도취하기도 할게. 꽃잎에 입 맞추고 꽃술 위에 눈물을 뿌리기도 할 테야. 비록 현정이가 내 손끝을 떠나 있다 하여도 내 가슴 안에는 당신이 피워 놓은 꽃이 커가고 있어. 살뜰한 보살핌으로 아름답게 가꿀 거야. 시들면 안 돼! 영롱한 이슬을 머금고 태어난 너의 이름 위에 축복을 내리기도 하며, 청포도의 청순함과 나의 따사한 체

온으로 서로를 포옹하리.

쓰기를 마치고 거울을 응시했다. 그녀의 입술에서 젊은 미소
가 엷게 퍼진다. (그래, 매사가 마음먹기에 달린 거야.) 마음이
평온을 되찾아 갔다. 알코올 탓이었을까?

모든 현상들에 대해 마음을 편히 먹기로 해서일까? 곁에서 발
생했던 일들을 큰 아픔보다는 이해하며 사랑할 수 있을 것 같
았다. 몸매에 대한 자부심만큼 사랑의 조건과 척도가 크게 부
풀어 있는 그녀. 아울러 부친의 그릇된 신앙까지도 이해할 수
있을 것 같았다. 세상살이에서 웃음을 짓는 것과 울음을 낳는
것의 차이점은 어떤 걸까? 하늘은 항상 스스럼없이 웃고 있는
데, 어째서 우리 이웃들은 사랑하는 법보다는 서로 미워함을
먼저 터득해 가는 것일까? 왜 그러는 걸까?

새벽 3시에 골방을 노크했다. 불현듯 부친이 보고 싶었기 때
문이다. 내가 삼위일체(三位一體)의 하나님에 의문을 제기하자
잔잔한 미소를 머금으며 설명해주었던 부친이 떠올랐다.
"태양을 생각해 보거라. 태양의 실체는 하나이지만 색깔도, 빛
도, 그리고 열도 있잖니."
그렇게 말씀하던 그 미소 띤 입술이 보고 싶었다. 지금의 야윈
뺨과 잔주름진 얼굴까지도……. 그러나 내가 골방에 들어서자
엄친은 냄새 때문인지 이마에 주름살을 세우며 얼굴을 찡그리
고 고개를 돌렸다.
"웬 술을 그렇게 마셨니? 젊었을 때 특히 경건하게 살도록 노

력하거라. 성경에도 '청년의 때에 창조주 너의 하나님을 기억하라'고 하지 않더냐."

"예, 아버님. 삼가려고 하고 있어요. 그런데 제가 술 마신 것을 너무 나무라지 마세요. 성경적으로 따진다면, 술 담배 하는 것보다는 보신탕을 먹는 것이 더 죄악이죠. 예루살렘 교회에서 사도(使徒)들이 모여서 결정한 것 중에 첫째 음행하지 말 것, 둘째 우상을 섬기지 말 것, 셋째 목 졸라 죽인 짐승은 먹지 말 것, 넷째 짐승의 피는 마시지 말 것 등을 의결했습니다. 그런데 왜 개고기를 드시는 거예요?"

가친께 포근히 기대고 싶어서 왔는데 결과는 정반대로 흐르고 있었다. 이미 시위를 떠난 화살이 바람을 가르며 날아가고 있었다.

"그건 술과 달리 뒤탈이 없기 때문에 괜찮은 거야. 다른 짐승도 다 먹고 있잖니?"

그의 음성은 얼음 위를 굴러다니는 바람 같았다. 나는 '아녜요, 아버님. 사도 바울은 어떤 행동이 그리스도께 영광이 되지 않으면 하지 않겠다고 했어요. 그러니 아버님도 개고길 드시면 안 돼요'라고 대꾸하고 싶었으나 입술을 꾹 눌렀다. 내가 쭈뼛거리고 있으니까 가친께서 나시막이 언어의 화살촉을 세웠다.

"믿음 생활을 더 오래하고, 교회를 더 열심히 다니면…… 다 깨우치게 될 게다."

그는 최대한 감성을 배제하고 억양 없는 목소리로 차분하게 말을 이어갔다. 그러나 감정을 속으로만 누르고 있기에는 입이 근질거렸고, 술기운이 충동질을 해댔다.

"무얼 배울 게 있다고 교회 가요? 작금(昨今)의 교회는 너무 기업화됐어요. 목사들도 많이 타락했고요. 무슨 기업처럼 교인 수 몇 명에 헌금이 얼마나 나오는가에 따라서 교회의 등급이 매겨지고, 매매가 되는 실정입니다. 아울러 교인들은 믿지 않는 사람들을 옛날 유태인들이 사마리아 사람 대하듯 하고 있어요. 속으로 자조 섞인 웃음을 머금고서 '흥, 너희들이 아무리 현세에서 잘살고 출세해봐야, 하나님께 선택받지도 못했고 죽어서 천국에도 못 가는 불쌍한 인간들아' 하면서 말예요."

"왜, 그렇게 교회를 부정적으로만 보는 거냐?"

"어째서 산 중턱에 있던 교회가 시내 중심지에다 '터'를 잡기 위해 안간힘을 쓰고 있는 겁니까? 주민들을 새벽에 잠도 못 자게 하면서까지……. 옛날 구약시대에는 종교가 정치·사회를 뛰어넘어 존재했지만, 즉 현대적인 의미로 해석하면 교회가 사회를 이끌어 갔지만 지금은 사회가 교회를 손가락질하며 교인들을 천대하고 있습니다. 왜냐하면 교회의 목회자들이 불의에 항거해 목숨을 내놓기보다 자신의 안위를 꿈꾸며 정치에 아부하며 살기 때문입니다. 이제는 기독교가 정치의 시녀로 타락했다는 말이죠. 신성한 교회에서 어린이들의 율동이 '걸그룹'의 춤을 따라가고 흉내 내고 있다니……."

평소에는 명주바람같이 부드럽기만 하던 가친의 음성에 쇳소리가 끼면서 목소리가 약간씩 떨리고 있었다.

"왜 좋은 면은 안 닮고서, 나쁜 일면들만 보고 그것을 전부인 양 확대 해석하는 거냐. 미운 벌레가 모로 가는 법이다. 교세가 확장되다 보면 양의 탈을 쓴 늑대도 생기게 마련인 것이다. 그만큼 인간은 나약한 존재니라. 나뭇가지 몇 개가 썩었다고 그 나무 전체가 썩은 것은 아니지 않느냐? 선한 목자들이 더 많……."

그의 말이 채 끝나기도 전에 나는 어깃장을 놓았다

"선한 목자가 많다고요. 소돔과 고모라 성(城)이 멸망할 때 야훼(여호와)께서는 아브라함에게 의인 열 사람만 있어도 그 성을 멸망시키지 않는다고 했지요. 과연 한국에는 의인이 몇이나 있을까요? 지금의 한국 교회를 보세요. 어린 양 떼를 좋은 꼴로 먹여야 하는 목회자들이 하는 행동을……. 신학생들도 시골 목회는 어떻게든 안 가려고 하잖습니까? 서울에서 아무리 변두리에서 개척을 해도 3년만 참으면 자가용 굴리면서 대접받고 사는데 뭐 하러 농어촌으로 가려고 하겠어요? 이런 실정이니 과연 설교와 행동이 일치하는 참된 목회자가 얼마나 되겠습니까? 그저, 하는 일이라곤 교파싸움이나 하고 있잖습니까! 말로는 교리가 틀린다고 하지만 내면에는 결국 감투싸움이에요. 교회에서 총회를 하는데 경찰이 입구를 막고, 총회장(場)에 경찰이 들어와야 하는 이 현실을 어떻게 설명하시렵니까? 그깃도 다 하나님의 뜻이라고 하실 건가요? 성경 어느 구절에 하나님이 대한예수교장로회 합동 측 교인들만 천국에 들어가게 하시겠다고 쓰여 있던 가요? 목사들이란 인간들이 자기가 무슨 ○○교회 주식회사 이사장쯤 되는 것으로 생각하는지, 성도들에게 군림하면서 대접만 받으려 하는 실정입니다. 목사와 장로들의 모임인 당회(堂會)의 권한만 비대해지고 집사들이 참가하는 공동의회는 형식적인 절차로 전락해 버린 지오랩니다. 그곳에서 토의하는 내용은 목사님의 월급을 얼마나 더 올려줄 것인지를 결정하는 것이 가장 중요한 안건입니다. 그러니 설교내용도 당연히 신앙적이 아니라 세상적이 되죠. 교인들의 잘못된 신앙을 바른 길로 인도해주는 설교보다는 '복 받는 비결'과 같은 내용이 대부분이죠. 목회자가 인간을 평가하는 데도 세상의 지위를 제일로 치면서 사회적 신분에 따라 처신을 달리하는 세태입니다. 신도들도 목사에게 직언을 하기를 꺼려하고, 왜 가난하고 음지의 직종에서 일하는 사람들은 교회에 다닐 수가 없는 겁니까? 예수가 세상에 계실 때는 창녀, 세리장이, 과부 등 어려운 처지에 있는 사람들을 찾아다니셨는데……."

"지금도 음지에서 묵묵히 목회하는 목사님들이 훨씬 많단다. 전국에 미(未)자립교회가 얼마나 많은지 아니?"

"물론 많겠죠. 그러나 제 얘기는 교회에서 행해지는 잘못된 관행을 말하고 있는 거예요, 아버지. 교회의 예배의식에도 문제가 많아요. 공중(대중)기도를 집사나 장로에게 시키면 어느 교회에서나 거의 의례적으로 나오는 말이 있지요. 첫째는 "예배하는 처음 시간이오니 끝나는 시간까지……" 혹은 "예배의 시종(始終)을 주님께 맡기오니……"이고, 둘째는 "올 때는 답답하고 컬컬한 마음으로 왔으나 돌아갈 때는……"이죠. 전자는 젯밥을 5분의 1쯤 먹고 나서는 "새 밥이오니 맛있게 드십시오" 하는 것과 같은 무지의 소치입니다. 또한 이미 차를 타고 목적지를 향해 가면서도 "버스를 타는 순간부터 지켜 주십시오"

하고 기도하는 것과 똑같습니다. 한평생을 믿어온 장로, 목사들도 그렇게 기도를 하니, 먼저 믿은 사람들이 그렇게 하니까 수십 년 동안 무의식적으로 세뇌된 겁니다."

부친의 눈빛에서 순간 섬광이 일었으나 전혀 개의치 않고 말을 이어갔다.

"아울러, 후자는 기복(祈福)신앙에서 나온 것이죠. 신앙적으로 보면 성령의 인도를 받아 오는 곳이 교회인데, 무엇이 답답하단 말입니까? 민속신앙에서 답답한 가슴을 안고 여러 곳에 찾아가서 복 달라고 빌고 또 비는 것과 같은 맥락입니다.… 헌금문제는 제일 심각한 병폐입니다. 요즘은 어느 정도 살 만해야 교회에 다닐 수 있고, 직분도 맡을 수가 있어요. 원래 헌금은 십일조(十一租)만 바치면 되는 것 아닌가요? 20여 종이 넘는 온갖 명목의 헌금은 받은 은혜대로 하는 것 아닙니까? 그러나 잠자리채, 아니 헌금채를 차례차례 돌릴 때 돈을 안 넣으면 큰 죄를 짓는 것 같고, 또 남들이 보고 있는데 체면상의 문제도 있고……. 주보에는 왜 또, 매주 각종 헌금한 사람들의 명단을 일일이 공개해 놓는 것인지……. 엉망이에요. 엉망진창……. 그러나 아버님! 심려하지 마십시오. 그런 모순투성이인 교회임에도 불구하고 난 교회 나갈 거니까요. 왜시 아세요? 그런 사이비 목사들을 파멸시키기 위함이니까……."

나는 당돌하게 주먹을 쥐어 보이고 있었다. 몸속으로 뜨거운 회오리바람이 휘몰아쳤다. 엄친의 상기된 표정과는 달리 목소리는 낮고 냉랭했으며 힘이 배었다.

"사탄아! 물러가라!"

부친은 그 길로 할렐루야 기도원으로 기도하러 올라가셨다. 나는 내심 쾌재를 부르고 있었다. 이제 야금야금씩 목사의 가식과 껍질을 벗기고 있다고 믿고 있었다. 그가 내게 얽어맸던 올가미에서 벗어나 자유인이 되기를 얼마나 갈망하고 바라왔던가. 그 숱한 불면의 나날들……

차가 비탈을 오르는데 힘이 부치는지, 운전수가 자꾸 미끄러지는 차를 전진시키려고 액셀러레이터를 힘차게 밟고 있다. 그가 액셀러레이터를 밟을 때마다 차 안에 있는 사람들의 몸은 이리저리 뒤틀리고 있다. 그 때문에 나도 아버지의 환영에서 깨어날 수가 있었다.

(부친의 마지막 가는 길이 이다지도 힘이 든 걸까? 이 병든 세상에서 아직도 못다 한 일이 그리도 많다는 걸일까? 아니면, 하나님의 백보좌 심판대 앞에 서는 것이 두렵단 말인가. 여하튼, 나는 오늘로 나를 둘러쌓고 있었던 그 숱한 바람의 더께로부터 자유로울 수 있을 거야.)

그때, 여자 청년부원 한 명이 내 곁을 스쳐 지나가면서 내 뒤에 앉아 있던 남자 청년에게 "내려서 차를 밀지 않을래요?" 하면서 영구차에서 내릴 채비를 서두르고 있다. 그녀가 나를 스칠 때 복사꽃 향기가 났다.

(그래, 현정이 너에게서도 복사꽃 꽃향기가 났지…….)
곧 나의 기억 속에서 얼마 전 겨울, 그녀와의 어색한 만남이 떠오르기 시작했다.

겨울의 길고 침울한 그림자가 그네의 활갯짓을 계절의 문턱에
서 감추고 있었다. 현정이를 본 지도 석 달이 흘러갔다. 언뜻
언뜻 내비치는 햇살이 방문으로 기어들고 있는데, 나의 몸 구
석구석에 살아있는 세포는 벌써 늦겨울을 느끼고 있었다. 방
안의 햇볕이 옅어지면서 가느다랗게 떨고, 꽁꽁 얽어매어진
햇살은 가슴에 와서 비수를 어루만지고 있었다. 겨울에 보는
거울은 수정 빛이었다. 길녘의 나무가 우는 소리를 들으며 퍼
렇게 멍든 하늘이 생채기를 내고 있다. 나 역시 멈추어 버린
듯한 계절의 질타 속에서 한 치의 키를 키우고 있었다.

문뜩 그녀가 보고 싶었다. 바바리를 걸치는데 주머니 속에서
손수건에 쌓아 놓은 거울의 바스라기가 만져져서 섬뜩함을 느
꼈다. (다시는 안 만나려고 했는데……) 내게서 순수의 찌꺼기
가 남아 있는 동안에 만났고 아직은 서로에게 미련의 실낱이
남아 있다고 믿었다. 그녀의 집으로 찾아가고 있는 내 발걸음
이 뒤뚱거렸다. 대문을 열고 나를 발견한 그녀는 대뜸,

"웬일이야? 잊었을 것이라고 생각하고 마음의 정리를 추스르
고 있는데……."

하며 놀라는 눈치었다. 나는 쭈뼛쭈뼛 서 있다가 입을 달싹였
다. 우리는 30분 후, 자주 만났던 '태양(Le Sol)'이라는 레스토
랑에 마주 앉았다. 얼마 동안 서로에게 진득하면서도 어설픈 시
간이 흘렀고 그 침묵을 현정이가 먼저 깨며 입술을 들썩였다.

"왜, 왔어?"

"봄은 처녀요, 여름은 선생이고, 가을은 과부며, 겨울은 계모

와 같다더니……. 꼭 계모가 전처 자식에게 말하듯 하는구나.”

나는 웃어 보이려고 애썼다. 그런 자신이 겨울바람에 나부끼는 마지막 잎새 같아 처량하기까지 했다. 그녀가 경계의 빛을 어느 정도 풀었다.

“번역은 잘 돼가?”

“응, 그럭저럭……. 목사님은 산기도 가셨어. 나는 우리의 만남이…….”

주문했던 커피와 슬로진 칵테일이 나왔으므로 이야기가 끊겼다. 나는 현정이에게 부친을 항상 목사님이라고 불렀다. 그것이 당신에게 더 잘 어울릴 것 같아서였다. 슬로진으로 혀를 축인 나는 바지 주머니에서 손수건을 꺼내놓았다. 깨진 거울조각이 정체를 드러냈다.

우리는 ‘진리가 너희를 자유케 하리라’라는 성경구절에서 떨어져 나온 유리 한 조각을 잠시 응시하고 있었다. ‘진(眞)’ 자(字)에서 ㄴ이 떨어져 나간 형체였다. ‘지’ 자도 완전한 형태가 아니었다.

“아니……, 이건 깨진 거울 아냐?”

그녀가 억양 없이 말을 쏟으며 찻잔으로 입을 갔다 대었다. 그리고는 일부러 크게 홀짝거리며 커피를 마셨다. 나는 그녀의 입술을 응시하면서 자분자분 말을 이어갔다.

“그래, 이건 네가 보듯이 깨진 거울의 바스라기야. 그중에서 이게 가장 큰 거야. 난 가끔 내가 살아온 나날들의 파편들을 줍기 위해 거울을 박살내곤 해. 이 거울을 좀 봐. 글씨가 써 있지? 목사님은 내가 거울을 깰 때마다 거울을 새로 사다가

제자리에 걸곤 해. 거기엔 늘 흰 뺑끼로 글자가 쓰여 있지. 주로 성경의 글귀야. 성경을 부인하진 않아. 하지만 나는 내가 나를 죽이는 체험을 하는 것처럼 목사님을 파멸하는 연습을 하고 있어. 그분의 껍질을 벗겨내는 싸움을 말이야."

찻잔을 내려놓고 눈꺼풀을 크게 뜬 그녀가 차가운 얼굴로 힘없이 말을 잘랐다. 마치 울고 있는 어린아이를 달래듯이

"이젠, 그 승산 없는 싸움을 그만할 때도 됐잖아? 성철 씨가 아무리 그래도 결국은 허공에 대고 삿대질하는 것과 무엇이 다르겠어. 어차피 성철 씨가 말하는 바람이라는 것도 따지고 보면 스스로 만들어 낸 것 아니야? 그분의 고초와 고충을 이해할 니이도 됐잖아! 나는 그러는 성철 씨가 가끔 무섭게 느껴지곤 해."

그녀의 말속에 차가운 바람이 일고 있었다. 그러나 나는 그것을 일축해 버리듯이 싱겁게 웃어 넘겼다.

(너는 지금 무서운 게 아니라, 두려운 거겠지…….)

나는 다시 잔을 들어 한 번에 털어 넣으며 말을 이어갔다.

"석 달 전, 우리가 헤어지고 난 후, 집에 들어온 나는 곧장 벽에다가 이런 글귀를 써놨어.

　너는 내가 손짓해도 올 수 없는 시간 속에 있거라. 목 메어 외쳐 불러도 대답할 수 없는 시간 속으로 침잠하거라. 그리하여, 한줄기 바람이 몰아칠 때 비로소 너를 여읜 슬픔을 느낄 때, 그 속에서 너를 찾아 낼 수 있을 때까지…… 서로의 텅 빈 마음, 그 공

허의 공간 속에서 하나이기를 염원하면서……. 참으로 많은 세월이 흐르기를 빌 거야. 그땐, 시리고 아린 가슴에 서로의 진실이 화인(火印)처럼 남아, 질긴 그리움을 도려내는 작업을 하고 있겠지. 언젠가 서로를 못내 그리워하면서 몸서리칠지도 모르겠지…….

그렇게 많은 세월이 흐르고, 나는 늘상 용기 없음과 나약한 성격을 탓하면서 자신과의 타협을 끝내고 있다. 즉, 내 입에서는 쉴 새 없이 나를 휘감고 있는 바람에 대한 미움과 증오가 메아리치지만, 폐부 깊숙한 곳에서는 안타까움과 애정의 그림자가 남아서 숨을 쉬고 있음을 어이할 것인가! 참으로 어설픈 몸짓의 실루엣이여……. 어설프다는 것이 우리를 얼마나 피곤하게 만들었던가!

이런 글귀를 휘갈겨 썼어."

그녀의 마스카라가 하늘로 치켜 올라갔다.

"틀렸어! 나는 우리에게 아직도 사랑의 앙금이 남아있기 때문에 헤어지려고 하는 거야. 우리는 삶을 바라보는 서로의 빛깔이 많이 다른 거야. 이건 어느 누구에게도 강요할 수 없어. 내가 언제 성철 씨에게 내 삶의 빛깔에 맞춰 달라고 한 적이 있어? 없잖아. 인간은 각자 자신의 빛깔에 맞춰 살아가는 거야. 숙명처럼……."

나는 우리의 만남이 지속되기를 은연중에 안달하고 있었으나,

그녀는 머물 수 없는 바람이 되어 떠남을 획책하고 있었다. 그럼에도 불구하고, 나는 어쨌든 그녀에게 남아 있는 순수함이 모두 소멸하기 전에 그녀를 가두고 싶었다.

"아니야. 현정이! 사랑하기 때문에 이별한다는 것은 엄연한 말장난이야. 사랑과 이별은 소슬바람과 날파람 같은 것이지 않겠어? 사랑하니까 헤어진다는 것은 자신에 대한 변명이며 자기 도피야. 그것은 어찌 보면, 열애의 바람에 갇혀 버린 클레오파트라와 그곳에서 헤어나려는 시저의 차이겠지."

나의 언어는 점점 구심점을 잃고 있었다. 누군가를 떠나보냄을 연습한다는 것도 어리석겠지만, 떠나려는 철새를 붙잡아 두려 함 역시 얼마나 부질없는 짓이랴. 시나브로 서글픈 감정이 눈망울에 망울져왔다. 마주 앉은 그녀가 갑자기 한 점으로 화하더니 소멸하고 있었다. 나의 그런 모습을 보이고 싶지 않아서 고개를 젖혔다. 좁은 공간의 천정에 매달린 갓 쓴 전등의 빛바랜 색채가 가물거렸다. 벽에 걸린 르누아르의 <책 읽는 소녀> 그림이 흔들리며 매달려 있고, 그곳에서는 언어가 거꾸로 자라고 있었다. 다시 창가로 얼굴을 돌렸다. 창 앞에 떨고 서 있는 성에가 흰 손으로 지나온 세월의 나이를 헤아리고 있었다. 그렇게 흔들리며 무너지기로 했다.

입가에서 히물히물 경련이 일었다. 나의 귀가 쫑긋 세워지면서 레스토랑 안 사람들의 말이 들어왔다. 공중에 떠다니는 소리들이 서로 부딪히며 팔이 잘리고, 목이 나간 언어들로 거두어 졌다. 이별하는 타인에게 웃음을 보내기보다는 눈물을 드리우는 게 더 쉬울 것이라고 느껴졌다.

"자기, 삐쳤구나."

하면서 현정이는 입술을 샐쭉거렸다. 그녀는 피에로처럼 웃고
있었으나 나는 웃음을 지을 수가 없었다. 우리의 연애시절
……. 한쪽이 언짢은 표정을 지으면 다른 쪽이 즐겨 피에로가
되곤 했다.

(이제는 다 부질없는 일이야. 이미 지나가 버린 신마바람의 뒤 그림
자를 밟아 본들 무슨 소용이 있단 말인가. 아직은 추억을 먹고살 나
이도 아닌데…….)

나는 꿋꿋 몸을 일으켰고 결연하게 뇌까렸다.
"네가 좋을 대로 해! 그러나 먼 세월이 흐른 후 내가 네게 스
쳐 지나가는 바람이 아니라 가슴속에 머물고 있는 바람이라는
것을 절실히 느낄 때가 올 거야."
그리곤, 그곳을 뒤도 돌아보지 않고 나와 버렸다. 눈물샘에 고
여 있던 눈물이 흘러나왔다. 꺼이꺼이 목이 메어 왔다. 쓸쓸한
늦가을의 하늘이 생채기를 내면서 구름이 뭉쳐지고, 하늘만큼
의 아픔 속으로 나는 회한의 화환을 던져 버렸다.

(나를 둘러싸고 있는 모든 속박의 껍데기로부터 자유를 향유할 수 있
는 날은 언제나 올 것인가? 내 아픔의 껍질은 어떤 빛깔일까?)

다시 한 번 이 모든 아픔의 껍질을 벗길 수 있기를 원했다. 그
것들이 설령 내 곁에 머물지 않는다고 할지라도, 나는 그들을

위해 질긴 사랑연습을 할 수 있으리라고 믿고 싶었다. 저 멀리서 하늘이 갈라지는 소리가 들리는 듯했다.

나는 집 근처 호프집에 들어갔다. 주문한 천cc 맥주를 단숨에 마셨다. 하나 더 주문했다. 속이 달아오르면서 황량한 가을 들녘의 바람이 휘몰아쳤다. 그러자 안개처럼 바람의 영상이 어른거렸다. 아주 조용히 목에 걸려 있는 그들의 이름을 가슴속으로 불러들였다.

(아버님……! 이 현정……! 현정아…….)

그들은 과연 나의 삶 속에 이떤 그림자를 드리우려는 섯일까? 나는 언젠가 그들의 실체를 붙잡을 수 있을까?

내가 그녀를 처음 만난 것은, 대학 축제 때 봄이 마지막 기지개를 켤 무렵이었다. 나는 스물다섯이었고 그녀는 스물둘이었다. 훤칠한 키, 밝고 초롱초롱한 눈, 짙은 속눈썹과 마스카라, 오똑 솟은 듯하면서도 약간 내려앉은 코, 앵두빛깔을 닮은 작은 입술. 그녀의 외모는 처음 봤을 때부터 무척 인상적이었다. 그리고 그녀에게선 짙은 복사꽃 꽃향기가 났었다. 더 어렸었다면 무모하게 돌진할 수도 있었으련만……. 허니, 디 늙지 않았음을 감사했다. 차츰 서로의 반쪽 가슴을 열면서 처음으로 정(貞)이와 행복한 만남을 가진 그날…… 하늘이 내 시린 가슴으로 부서지며 금빛가루를 온몸에 뿌리고 있었다. 나의 구질구질한 삶에 의욕과 활력을 날라다 주는 요정……. 반대로 만나서 다투기만 한 날 밤에는 슬픔이 차곡차곡 쌓여 가곤 했다.

정이는 처음에 만났을 때 생기발랄하게 이런 말을 남겼지.

"서로가 떠남에 있어 가슴 저림을 느끼는 사람은 사랑할 자격이 없는 거예요."

"……."

그녀의 말에 나는 적절하게 대꾸할 말을 찾지 못했다. 누군가를 사랑할 자격? 생면부지의 타인을 나의 마음 한구석에 담아 둘 수 있다는 것……? 나는 가슴 저리는 사랑을 할 자격이 있는 걸까?

서로의 눈빛을 어느 정도 읽을 수 있게 되었을 무렵, 그녀가 복싱경기의 흥미를 높여 주는 라운드걸이란 걸 알았다. 라운드걸……. 춘부장께서는 정이가 17살 때 돌아가셨고, 홀어머니 밑에서 자유분방한 생활을 영위하고 있다는 것까지, 그녀를 만난 지 2년째 되었을 때였지 아마……. 나는 대학을 졸업한 직후였다. 직종을 바꿔 미술학원에서 아이들을 지도하고 있던 그녀의 생일날, 나는 14k 금목걸이를 선물했고 정이는 내게 박제된 어린 학을 건네주었다. 그것은 깨물고 싶도록 앙증스러웠다. 그날 그녀는 연녹색 마스카라를 칠하고 네크라인이 깊게 패인 원피스를 입고 있었어. 그날따라 현정이가 너무도 예뻐 보였지. 그러나 그 이후로 바람도 많이 맞았지…….

나는 500cc를 단숨에 비웠다. 그녀를 향한 모든 미련을 마셔 버리듯이……. 잠시 후, 담배를 찾아 입에 물었다. 그녀에 대한 상념이 꼬리를 물었다.

(현정이를 만나 즐거움을 느끼고 온 그다음 날엔 도리어 씁쓸했다. 곧 이 벅찬 기쁨이 낮아가 버릴 것만 같아서……. 반대로 둘이 다투기만 한 괴로웠던 이튿날에는 '이렇게 내가 성숙해 가고 있구나'를 감지했었지……. 이건 또 무슨 모순이란 말인가? 수많은 밤을 하얗게 지새운 그녀를 향한 애달픔들. 살점이 뜯겨 나가는 소리를 인종(忍從)하지 않았던가? 그렇게 흘러가는 세월을 향해 손사래를 치며 애끓는 마음으로 키워온 불면의 밤들. 폐부 깊숙한 곳에서 어떤 찐득한 무엇이 묻어 나오고 있었다. 그 후로 나는 그네의 상당히 독단적이 행동에서 염증을 느꼈고, 떠나는 뒷그림자를 생각하고 있었다. 그럼에도 나는 현정이의 모든 것을 사랑할 수밖에 없었다. 그녀는 돌아서려는 내 발에 차꼬를 채웠고, 목에 칼을 씌웠으며, 손에는 수갑을 채웠다. 그건, 이미 활짝 열려 버린 가슴을 닫을 수 없는 질긴 회한이라는 이름이었어. 아울러 '그녀와의 결혼은 운명이야'라고 명명해 버렸던 나……. 현정이와의 명동 필하모니에서 처음 손목을 잡던 일, 스탠드 바에서의 첫 뽀뽀, 견우와 직녀 레스토랑에서의 그 뜨겁던 첫 포옹, 해바라기에서의 긴 키스……. 아, 사랑의 의무는 무엇이며? 권리는 또 무엇인가? 의무는 다음 생에서 다시 만날 때까지의 무한한 인내이며, 그것의 권리는 둘만의 열린 가슴 다지기다. 그래! 이젠, 신성하게 무릎 꿇고 그녀의 이름 위에 입을 맞추자. 말없이 돌아서 심장으로 뚝, 뚝, 뚝, 떨어져 내리는 누선(淚腺)에서 쉼 없이 흘러내리는 액체 방울들을 삼켜내야만 하는 거야. 이것이 이별식을 갖지 않은 둘만의 소망이겠지…….)

호프집의 구석진 자리에서 몸을 추슬렀다. 집으로 돌아오는 길목에서 퍼런 하늘이 추적추적 늦가을 비를 흩뿌리고 있었다. 제법 빗줄기가 세게 때렸으나 긋고 싶지 않아 맞으면서 걸었다. 오히려 두 손을 허공으로 높이 뻗고, 고개를 하늘을 향해 높이 치켜들었다. 희뿌연 공중에서 내려와 나의 전신을 질타하는 비를 묵묵히 지켜보고만 있었다. 고독한 겨울을 감싸 안으려는 몸짓처럼 가을비가 뼛속으로 스며들기를 원했는지도……

(사각의 링에서 서성거리던 현정이를 꺼내려 했던 내가 잘못한 거야. 단지 링에서의 그녀로 족했어야 했어. 나는 그녀와 사랑이 아니라 감정을 나누었는지도 모를 일이야. 이것은 어떤 삼류 영화나 소설에서나 나오는 얘기가 아니므로 현실을 외면해서는 안 돼. 얼음보다 차가운 이성으로 나의 감정을 잠재워야만 해. 3년간의 짧고도 길었던 사랑의 연기는 이제 끝이 난 거야……. 나의 얼룩진 마음과 그녀의 허영심과의 싸움에서 마지막 라운드 공이 울린 거지. 연애의 감정만으로는 절대로 결혼할 수 없다던 그녀. 냉혹한 현실을 껴안을 힘이 없다던, 즉 삶의 본질을 감싸 안기보다는 살아가는 과정 속에서 풍요와 넉넉함을 원했던 그녀. 그것이 우리네의 보편적인 삶이 아니냐고 도리어 반문하던 한없이 서글퍼 보이던 그 눈망울을 어찌 잊을 수 있겠는가. 나는 그녀의 욕망과 소망의 바람 중 그 어느 것도 충족시켜줄 수가 없었어. 참으로 많은 세월이 흐르면 나는 그녀의 냉혹한 현실감각을 껴안을 수 있는 날이 올까……?)

상념에서 벗어날 무렵, 옷에서 떨어지는 빗물방울이 방바닥을 어지럽히고 있었다. 머리카락에서 흘러내리는 방울들이 나의 시야를 흐리게 했다. 그저 그 상태로 한동안 서 있기만 했다.

(실낱같은 희망을 걸면서 '이젠, 끝이다'라는 어눌한 단어를 유폐시켜 왔으나, 여태까지의 유보가 얼마나 어리석었던가를 절실하게 느꼈다. 결국 한마당의 연극이었어. 우리 둘만이 배우였고 또한 관객이었으나 나는 잘 할 수 있을 거라고 믿었어. 그렇지만 여러 번의 바람맞음과 현정이가 다른 배우를 물색하고 있다는 사실이 견딜 수 없는 모멸감으로 다가왔다. 그녀가 내뱉은 언어의 방자함과 내 행동의 오만함이 교차점을 찾지 못하고 허공에서 떠돌았다. 마침내, 우리는 관객을 모시고 막을 올릴 수 있는 그날이 올 수 없게 만들어 버렸어……. 서로의 3년간 호흡이 일순간에 막을 내리고 나는 스테이지를 내려올 수밖에 없는 거야. 헤어짐이란 인사말만큼 우리들의 가장 가까운 곁에서 맴돌고 있는 것도 없음을……. 그리고 또 세월의 바람은 우리를 스치며 무심히 지나갈 것이고…….)

산 기도를 가셨던 부친이 나흘 후에 내려오셨다. 금식을 하셨는지 전보다도 해쓱하고 파리한 얼굴이었다. 다음 날 새벽에 배를 인도하고 돌아 온 그는 신열이 심해서 몸져누웠다. 나는 부친이 병석에 누워 있는 모습을 처음으로 보았다. 사흘을 꼼짝도 않고 구들장 신세를 지게 되자 교인들이 꾸준히 들락거렸고 찬송가와 기도소리가 끊이지 않았다. 새벽기도를 비롯한 교회의 모든 집회는 부목사가 도맡아 했다. 그렇지만 그의 병세에 전적으로 책임이 있는 나는 정작 부친의 골방에는 얼씬도 하지 않았다. 그는 급기야 입원을 하게 되었고, 모친은 병실에서 살다시피 했다. 동생 은숙이는 병원에 다녀온 날이면 어김없이 질질 짜곤 했다. 그러면서 위암인 아버지의 병문안을 단 한 번도 가지 않는 나를 원망하곤 했다. 나는 그 말엔 아무런 대꾸도 하지 않고 그저 속으로 언어를 삼키고 있었다.

(아니야. 나는 모든 올가미에서 자유롭고 싶을 뿐이야. 그들의 그릇된 가치관과 믿음을 따르지 않으려는 것뿐이야. 이제 조금씩 그 해방감을 체득하고 있어. 그러니 나를 방해하지 말아 줘. 이제야, 나는 서서히 올가미가 벗겨지고 있음을 느끼고 있는데……)

그녀와 결별을 선언하고 2주일이 지난 어느 날, 나는 한 통의 편지를 받았다. 그토록 멀어지기만 하던 샛바람 이었는데…. 뜯어보니,

이제 서울을 떠나려 하오. 그간 서로에게 안타까움만 남긴 것 같아 마음 한켠이 허전합니다. 내 자신을 정리할 시간을 가지려 하며, 나뭇가지 끝에 걸린 희망을 다시 건질 수 있을 때…… 그때, 그대 앞에 다시 서리다. 다시 마주보지 못한다 할지라도 한 자락의 그리움은 남겠죠. 어차피 사람은 시간의 노예일진대…… 부디, 바람을 감싸 안기를 바랍니다.

현정이가

아직도 내게 세월이 관용을 베풀고 있다고 믿으며, 서로에게 무너지는 것이 미움이기를 빌었다. 소리 없이 허물어지는 것이 증오이기를 염원했다. 또 한 번의 질긴 슬픔으로 남더라도 다시 한 번 그녀에게 닻을 내려 보기로 했다. 그리하여 공중으로 떨쳐 올라가 소멸하는 것이 시린 가슴앓이이기를……. 아울러 공중에만 머물러 있고 가슴으로 부서지기를 거부하는 언어들을 붙잡아 장미의 화환으로 엮을 수 있기를 기원했다.

얼마 후, 부친이 퇴원을 했고 건강을 조금 회복한 듯 보였다. 세월이 날갯짓을 서둘러 두 달을 흘려 버렸다. 그런 어느 날 주일 저녁에, 오후예배를 끝마친 목사님이 내 방을 힘없이 노크하였다. 고등학교 이래로 부친이 내 방을 노크하는 일이란 좀처럼 없었기 때문에 무의식적으로 목덜미의 힘줄에 힘이 들어갔다.

"어인 일……이세요?"

"할 말이 좀 있다."

문을 열고 들어오는 그의 모습은 초췌했다. 광대뼈 밑의 주름이 더욱 깊게 패었으며 검버섯이 군데군데 핀 얼굴이었다. 예순을 갓 넘긴 나이라기보다는 일흔이 훨씬 넘어 보이는 노인의 몰골이었다. 그럼에도 나는 서근서근하게 대하지 않고 다소 퉁명스럽게 물었다.

"무슨 일로…… 여길 다 들어오셨어요?"

부친은 조용하면서도 사분사분하게 말을 이어갔으나, 목소리에는 윤기가 메말라 있었다.

"내가……. 오래지 않아 요단강을 건널 것 같구나. 성철아, 이제 그만 방황을 끝마치고 주님의 종이 되거라. 이것이 내게 남은 유일한 소망이니라. 어미가 너를 낳았을 때, 강보에 싸인 너를 보고 나는 널 하나님의 종으로 키우겠다고 신께 서약을 했단다."

그의 말 한마디 한마디가 북풍한설이 되어 귓속에서 윙윙 거렸다.

"아버님, 저는 당신의 바람을 따를 수가 없습니다, 절대로! 제게 자꾸 그러시면 오히려 이 집에서 나가 버릴 겁니다."

"네가……. 아직도 옛사람을 못 버렸구나. 새사람으로 거듭나야 하는데……."

말꼬리가 자꾸 처지는 그의 음성은 허공을 헤매고 있었다. 그의 언어가 힘을 잃을수록 나는 더 세게 어깃장을 놓았다.

"그런 말씀 하시려거든 나가세요. 그 소린 내 가슴에 비수를 꽂는 일입니다. 결코 그리 되지는 않을 겁니다. 나가 주세요. 어서요!"

나는 다소 격양된 음색으로 외친 후, 일어서 방문을 밀어젖혔다. 그가 나가기를 기다리며 한동안 꼼짝 않고 서 있었다. 그의 뒷그림자는 공허로 가득 찼고, 무서리져 내리는 회한으로 가득했다.

(지금 한 번만 더 접으면 한 줌의 재로 화할 것 같은 당신이셨다.)

부친이 나가자 나는 벽에 걸린 석경을 박살내 버렸다. 깨진 거울조각에서 부친에 대한 가녀린 연민과 그녀에 대한 쓸쓸한 미련이 묻어 나왔다.

(아직도 내게 명에를 지우려는 그. 또한 석 달이 되도록 아무런 연락이 없는 그녀. 어차피 모두 잘라 버려야 하는 바람인 것을……. 내 앞에서 저만치 사라져가는 그들을 아무리 잡으려 해도 바람만, 바람만 뒤따라가는 것을…….)

바스러진 유리 조각을 줍지 않고 곧 맞은편 벽을 향해 몸을 돌려 낙서를 깨작거렸다.

질긴 기다림에 한을 묻고 지상에 우뚝 섰다. 온 실핏줄 사이로 스멀스멀 거리는 자조(自嘲)가 방 안을 기어 다닌다. 나의 바람을 위해 그토록 많은 세월을 엮어서 만든 화환은, 아직도 손끝을 떠나려 하지 않는다. 이 지상에 둘이서 가슴 맞대는 인연을 수(繡) 놓는 경건한 구도자가 있다면 그의 두 손을 마주잡으련만……. 나의 어설픈 몸짓은 어느 세월과 함께 구원될 것인가?

쓰기를 마치고 눈망울을 내리깔자, 거울의 부스러기들이 빛을 발산하고 있었다. 문득, 그녀의 텅 빈 가슴을 도려내고 싶었다.

(… …현정이를 나만의 바람 속으로 꼭꼭 가두어 놓아 나만의 것으로 삼을 거야. 너는 절대로 내 곁을 떠날 순 없어. 너로 인하여 조각나 해싱해싱한 마음을 치유하기 위해 난 처절하게 싸워야 했어. 나의 자아는 아마, 그렇게 그녀를 잡아두려는 내 심사(心思)를 납득해 줄 거야. 아니야, 결단코 그런 것이 아냐. 우리가 서로에게서 느꼈던 자유함은 이런 것이 아니잖아? 우리는 서로를 떠나보냄으로써 서로가 각자의 마음속에서 부활하여 같이 숨 쉬며 살고 있는 거야. 아무런 중오심 없는 헤어짐을 연습해야 해. 서로를 그윽이 사랑한다면 어떤 경우든 속박해서는 안 되는 거야… ….

내 몸 안에서 콜라로이드 입자처럼 끊임없이 뒤섞이며 충돌하는 이성과 감정의 쌍곡선. 아! 어느 누군가 예리한 칼끝으로 이 멍울진 가슴을 도려내 주었으면… ….)

더 이상의 상념을 떨쳐 버리기 위해 이부자리를 펴고 이불을 얼굴 위까지 끌어 올렸다. 한참을 뒤척이다 까무룩 잠이 들었다. 꿈속에서 나는 지네로 둔갑해 있었다. 세포 구석구석마다 진한 독을 가득가득 지닌…… 수많은 발을 가지고, 그들을 헤치려고 저 멀리서 손짓하는 부친과 현정이에게 부지런히 다가가고 있었다. 그러다가 사막 한가운데서 냇물을 만났고, 그 냇물에 휩쓸려 허우적거리기만 했다.

덜컹거리던 차가 멈추었다. 마침내 장지에 도착한 것이다. 신도들이 내렸고, 영구차 뒤 트렁크의 아가리가 열리고 관이 꺼내졌다. 청년 여섯 명이 관을 메고 험한 산길을 천천히 오르고 있다. 어머니와 동생은 끓어오르는 오열을 참으려 흰 손수건으로 입을 막고 있다. 뒤따르는 성도들은 침울한 표정으로 "주여, 아버지, 주여……" 하면서 어깃거리며 걷고 있다. 10여 분 후에 관이 묻힐 곳이 시야를 사로잡았다. 파헤쳐진 구덩이 옆에 관이 놓이고……. 부목사가 영결식 예배를 인도한다.

"이제, 한국교회의 큰 별이셨던 한 순종 목사님의 영결식을 거행하겠습니다. 다 같이 엄숙한 마음으로 그분의 마지막 가시는 길을 환송합시다. 다함께 기도드리겠습니다. 전지전능하신 하나님 아버지, 지금 우리의 참된 목자이셨던 한 목사님이 주님의 품으로 돌아가 영원한 안식을 취하려고 합니다. 몸은 비록 이곳에 묻히지만 그분의 발자취는 영구히 빛날 것입니다. 여기 모인 유가족과 우리의 슬픈 마음을 어루만져 주시고, 천국에서 다시 만날 때까지 주님의 사역을 열심히 수행하도록 하옵소서. 우리를 구원하신 예수님의 이름 받들어 기도합니다. 아멘."

부목사의 기도가 끝나자 찬송소리가 이어졌다.

> 날빛보다 더 밝은 천국 믿는 맘 가지고
> 우리 주 예비해 두셨네. 며-칠 후-,
> 며-칠 후- 요단강 건너가 만나리.

나는 찬송가를 건성으로 웅얼거리다가 눈을 감아 버렸다. 나의 상념은 벌써 닷새 전 과거로 돌아가고 있었다.

3월 초 엿새였다. 소소리바람이 부는 아침. 출판사에서 몇 번 독촉받던 사르트르의 작품 번역을 막 끝내가고 있는데, 모친이 다급한 목소리로 나를 불렀다.

"성철아! 아버님이……. 널 부르신다……."

순식간에 몸을 일으켰다. 안방 유리문을 옆으로 밀고 들어갔다. 방바닥에 누워 있는 부친은 파리한 얼굴에 가쁜 숨을 몰아쉬고 있었다. 주마등처럼 며칠 전에 그가 내게 힘겹게 입을 열어 "내가 오래지 않아 요단강을 건널 것 같구나"라고 했던 말이 뇌리를 스쳤다. 무릎을 꿇고 그의 여윈 손목을 잡았다. 나도 모르게 내 손이 바들바들 떨리고…….

"내, 아들아……. 문을……, 열어 다오. 마루로 나를……, 부축해……. 어서, 태양……. 태양이 보고 싶구……."

나는 부친의 등에 손가락을 밀어넣고 마른 나무토막 같은 그를 안아 일으켜 세웠다. 조금만 더 힘 있게 안으면 바스러져버릴 것만 같은 육신이었다.

어렵게 마루로 나온 부친은 제법 뜨겁게 내리쬐는 태양을 정면으로 응시하고 있었다. 내게 성(聖) 삼위일체를 비유로 설명하시던 바로 그 태양을……. 모친과 동생은 울음을 삭이면서 그의 마지막 동작 하나하나를 좇아가고 있었다.

"아들아, 태양이……. 날, 부른다. 부디……. 태양의 품으로……. 돌아오……. 여호와…… 나의 하나님이시……. 나를 받아주……."

실처럼 가느다란 음성이 끊겼다가 간간이 이어지곤 했다. 한동안 당황하여 혼이 빠졌던 나는 정신을 가다듬었다. 아주 잠깐, 부친의 얼굴을 마주 볼 수 없었던 나는 그에게서 눈을 돌리고 또 다른 상념 속으로 도피해 버렸다.

(인간이 막다른 길에 이르렀을 때, 신을 찾고 거기에 안주하려는 것은 본능이며, 그것은 생을 마감하는 자신에게 최후의 도피처를 만들려는 수단이 아닐까?)

한동안 태양을 응시하던 그가 눈을 스르르 감았다. 곧, 호흡이 거칠어지고……. 잠시 후엔 아무런 미동도 없었다. 마침내 모친이 강풍에 쓰러지는 풀잎인 양 부친의 가슴팍으로 푹석 무너졌다. 그녀는 "애고, 여보……" 하면서 애간장 끊는 울음을 토해내고 있었다. 동생 역시 "아빠!"를 외치며 시립게 울고 있었다. 순간 내 가슴으로 찬바람이 '휘-o' 하고 스쳐 지나갔다. 그런 와중에서도 나는 나를 휘감고 있었던 흑풍으로부터 벗어났다는 안도감을 느꼈다. 송송 솟아나는 이마의 땀을 훔치며 가볍게 앞머리를 쓸어 올렸다. 드디어, 내게 정신적 올무를 씌우려고 갈망했던 부친을 파멸시킨 것이라고 자위하면서…….

(이젠, 내 가슴에서 정신적인 삶보다는 현세의 물질과 안락을 추구하는 그녀만 제거해 버린다면, 난 모든 얽매임에서 완전히 자유로울 수 있는 거야…….)

파란 하늘의 저편에서 훈풍이 소르르 일고 있었다.

신문, 잡지사 기자들이 다녀갔고, 교인들이 벌떼처럼 쉴 새 없이 몰려들었다. 상주(喪主)인 나는 단지 무릎을 구부리고 고개를 방바닥에 떨어뜨리고 있기만 했다. 또 하나의 파멸을 감추고서⋯⋯. 그렇게 닷새가 지나갔고, 오늘 아침이 밝아오자 나는 발인을 서둘렀다. 영구차에 몸을 싣고 장지로 출발할 때도 하나도 슬픈 생각이 안 들었었다.

옆에 있던 청년이 내 어깨를 슬며시 건드렸다. 소스라치게 놀란 토끼마냥 눈을 크게 떴다. 벌써 부친의 관 위로 흙이 한 줌, 한 줌 떨어지고, 처르륵 처-륵, 황토가 십자가로 휘감긴 관의 심장을 차츰차츰 덮으며 차올라, 관이 더 이상 보이지 않게 되고⋯⋯. 관이 완전히 땅속 깊이 묻히고, 봉분을 다듬기 시작했다. 봉긋하게 솟아가는 묘를 바라보다가, 고개 돌린 눈물샘에서 눈물방울이 울컥 쏟아졌다. 얼른 얼굴을 숙이고 인파 속으로 섞여 땅만 보며 걸었다. 돌아오는 길목에는 땅거미가 짙게 덮이고 있었다.

집에 다다르자 그녀가 집 앞에서 기다리고 있었다. 그녀가 내게 따스한 위로의 말을 전했다.

"신문 보고 알았어. 뭐라고 말해야 좋을지⋯⋯."

나는 현재의 내 처신도 잊은 채, 그녀를 데리고 집과 반대 방향으로 갔다. 집에서 할 수 있는 한 멀리 벗어나고 싶어서 걸음을 재게 놀렸다. 우리는 버스정류장 근처의 맥주 집으로 들어갔다.

"성철 씨, 너무 상심하지 마⋯⋯. 우리의 모든 인연이 회자정리(會者定離)가 아니겠어. 가능한 빨리 마음을 추슬러야 해. 무척 유명한 목사님이셨는데⋯⋯."

그녀는 내 눈치를 살피며 어줍게 말을 꺼냈다. 이 상황에서 입을 연다는 것이 어울리지 않을 것 같아 침묵으로 일관했다. 이별을 고할 때의 쌀쌀한 표정이 떠올라, 그녀가 내 입장을 이해하면서 가만가만 이야기한다는 사실이 믿겨지지 않을 정도였다. 나는 그녀의 돌연한 변신을 보면서 어떻게 대처해야 할지 몰라 당황했다.

(어쩌면 남자가 하루에 백 개 정도의 가식을 감추고 살아간다면 여자는 천 개 정도의 가면을 갖고 사는 것이 아닐까? 여자는 어떤 환경에서도 순식간에 대처해 낼 수 있는 놀라운 처세술을 타고나는 것은 아닌지…….)

잠시 후 서로가 할 말을 잃었고 앞에 놓인 잔만 쳐다보았다. 나는 묵묵히 맥주를 들이켰다. 얼마 동안 그렇게 켜켜이 쌓인 침묵이 날개를 퍼덕였다. 자세를 고친 그녀가 조심스레 잔을 놓으며 사무적인 어투로 물었다.

"이젠, 집에 들어가야 되잖아? 그래도 자기는 상주잖아."

그러자 나는 단호하게 맞받아쳤다.

"일 없어!"

그녀도 지지 않고 나를 나무라듯이 목소리의 톤을 높였다.

"이젠 엄연히 가장이잖아! 현실을 직시해!"

그리곤 또 한마디를 덧붙였다.

"내 생각엔……. 우리의 관계는 이 상태가 좋은 것 같아. 각자의 갈 길에 충실한 것이……."

그 말이 귓전을 맴돌고 있을 때, 나는 또 하나의 바람 자르기를 결심했다.

(내가 부친을 망가뜨린 것처럼 너도 부서뜨려주마. 영적인 생활을 강
조하는 목사였던 부친을 온몸으로 거부했듯, 라운드걸이었던 너도 바
스러뜨릴 테다. 네가 내게 씌우려 했던 물질과 육체의 코뚜레를 벗어
버릴 거야. 내가 너의 가면을 벗겨 주마. 바로 너를 소유함으로
써…….)

취하고 싶었으나 잔이 거듭될수록 오히려 정신이 또렷해졌다. 집
에 가겠다는 그녀를 눌러 앉혔다. 평소 같으면 고집이 세서 금방 일
어섰을 텐데 그녀가 오늘은 잠자코 앉아 있었다. 둘은 꽤 상당량의
알코올을 들이켰다. 웨이터가 "시간 다 됐습니다" 하며 계산서를 디
밀었을 때야 밖으로 나왔다.

밤공기가 풀럭거리며 취기를 조금씩 몰아내고……. 나는 곧 택시를
소리쳐 불렀다. 그녀는 으레 그랬던 것처럼 집으로 바래다주는 줄 알
고 스스럼없이 올라탔다. 순간 나는 함정을 파야겠다고 마음을 굳혔
음으로 그것은 큰 오산이었다. 그녀 집 방향으로 가는 차 안에서 나
는 속으로 음모를 꾸미고 있었다.

(넌 내 그물에서 빠져나갈 수 없을 걸……. 콧대 높던 너를 오늘 밤
무너뜨리고 말 거니까.)

얼마 동안 달린 후 운전사에게 방향을 좌측으로 꺾으라고 했다. 그
녀가 다그쳐 물었다.

"왜 이래? 뭐하는 짓이야?"

그러나 나는 차분하게 얼버무렸다.

"같이 가볼 데가 있어."

시계는 한 시 반을 막 지나고 있다. 차에서 내려 호텔 앞에 다다르자 그녀는 사태를 간파한 듯 도망가려고 애썼으나, 억세게 팔을 잡고 놓지 않았다. 방에 들어와서도 한참을 바둥대던 그녀가 마침내 힘이 빠지기 시작했다. 나는 거칠게 옷을 벗겨 나갔다. 속옷이 다 벗겨지자 현정이의 흰 살결이 푸르르 떨렸다. 나는 부친을 파멸시켰듯이 그녀를 짓밟고 있었다. 놀랍게도, 그녀는 첫 경험이었다.

아침에 눈을 뜨자, 그녀는 무릎을 세우고 멀거니 천장만 쳐다보고 있었다. 나는 그녀를 외면한 채 혼잣말로 중얼기렸다.

"새가 되려면 껍질을 깨고 나와야만 해. 우리를 옥죄는 온갖 올무를 과감히 깨뜨려야만 해. 그래야, 훨훨 날 수 있어."

그리고서, 이제 나를 괴롭히던 두 사람의 정신적 고통과 육체적 고통에서 '완전한 자유인'이 됐다고 두 팔 벌려 크게 외치고 싶었다.

아침 열 시가 되어서 집으로 들어갔다. 집은 여전히 어수선한 분위기였다. 몇몇 친지들의 따가운 시선과 모친의 심한 질책에도 나는 조금도 위축감을 느끼지 않았다. 마치, 오랜 투쟁 끝에 노예의 몸에서 풀려난 사람인 양 속으로는 오히려 의기양양했다. 이 가슴 뿌듯하게 벅차오르는 희열을……

(바야흐로 나는 자유인이, 자연인임을 어렵게 획득한 것이 아닌가?)

시침은 어김없이 돌아 달포가 흘렀다. 그런데 당초에 자유를 만끽하리라던 예상과는 달리, 나는 밤마다 꿈속에서 시달리고 있었다. 선친이 설교하시던 강단이 내게 쓰러지고 나는 그 밑에서 발버둥을 쳐댔지만 아무런 소용이 없었다. 곧이어 그가 지켜보는 가운데 사각의 링에서 상대 선수에게 흠씬 두들겨 맞는……, 그런 꿈만 꾸었다.

나를 내리누르는 두 사람에게서 도피하려고 그토록 애면글면했건만……. 내 스스로 도피처를 찾았다고 자위하고 있었으나 실상은 정반대이었으니……. 깊은 밤 역시 어떤 도피처도 될 수 없었다. 역으로 내게 심한 모멸감과 수치심을, 아울러 자신에 대한 학대를 증가시킬 뿐이었다.

아, 산산이 바스러져야 했던 것은 바로 나였음을……. 나는 나만의 생을 꿈꾸어 왔고 더불어 다른 사람의 복사판 같은 삶을 싫어했다. 모자이크가 아닌 나만의 원화(原畵)로 남고 싶었는데……. 그래서 나를 지킬 수 있는 한 옥타브의 음표를 부둥켜안고, 안타깝게 읍소(泣訴)하며 몸부림치는 자가 되고자 하지 않았던가? 나는 그와 그녀를 내 속에서 몰아냄으로써 스스로를 허물면서, 인생을 노래하고 그렇게 훨훨 날아가고자 했던 거야. 허나, 나의 행동을 아무리 훌륭한 미사여구를 동원한다고 해도, 결코 미화될 수 없음을…….

(어쩌면 선친께서는 나의 비수 같은 항변에 대해 응답할 수 있는 모든 말씀을 부러 감추고 계셨던 것은 아니었을까……? 아직은 아들을 그루박지 않으시려는…….)

마침내, 봉우리를 훌쩍 뛰어넘은 높새바람이 채찍을 들고서 무자

비하게 휘두르기 시작했다. 무한의 공간에 내가 있음을 느끼기 이전부터 티끌로 내가 존재해 있었듯이, 하루를 영위하기 전에 나의 하루가 꾸려져 나가고 있는 것에 대한 심한 배반감을 느끼게 된 것이다.

　방 안 벽에 서 있던 책들이 넘어지고, 만용이 잘려 나가며, 거울이 무서운 속도로 낙하한다. 그곳에서 한 송이 꽃이 오랫동안 걸치고 있던 겨울옷을 벗는다. 나의 모든 언어는 독화살을 맞고 있었으므로 가슴으로 흐르는 눈물이 천상으로 비상하지 못하고 지하로 곤두박질치고 있다. 그러다 또 악몽을 꾸고……

　3월도 말일로 치닫고 있는 토요일 오후. 나는 호졸근한 육신을 추스르기 위해 경춘선을 타고 나가, 냇가 부근의 잔디에 드러누웠다. 허리가 꺾인 봄바람이 몸져누울 곳을 찾아다니고 있다. 세상은 맑은 하늘과 꽃들의 축제를 준비하고 있고, 나무들이 일어서는 연습을 하며 새순들은 이미 빛바랜 고독을 사르고……

　(방금 눈을 뜬 여린 새싹은 처음 보는 세상에서 무얼 느낄까? 잔디에 누워 몸을 뒤척이며 나는 시간들의 거품을 모으고 있다. 흐름이 없고 순간만 존속한다면 조금은 덜 수치스러울 수 있을까? 가끔은 나를 우습게 여기듯 그렇듯이 나도 세월을 하찮다고 할 수 있는 날이 과연 올까? 그래, 그와 그녀는 어쩜 지나치는 바람처럼 짧은 순간, 내 눈의 망막에 잠시 비쳐진 영상이었는지도 몰라…….)

　집에 돌아와 한밤중에 창가에 섰다. 창을 열어젖히자, 가랑비 내리는 소리가 뜨락을 적시고 있다. 나는 안마당 뜰로 내려왔다. 비는 나에게 멀어진 바람에 대해서 무감각한 인간이 되라고 채찍질 한다. 하지만 쏘아진 화살이 제 몸을 가누기 위해 공중의 바람을 잘라가면서 제 몸을 추스르듯이, 당분간 나는 나를 죽이는 작업을 되풀이하리라. 안으로 안으로만 삭혀 나가면서…….

(그분과 그녀에게서 버림받은 애정의 찌꺼기가 내게 괴로움을 가중시
킨다면 난 질식함으로 죽어 버릴 수 있기를 지성으로 빌 뿐이다. 그
것이 인생이며, 사랑 연습이었어…….)

목이 메며 눈물이 주르르 흐르면서 코끝이 찡해왔다. 한없이 울고 싶었다. 목이 메도록……. 꺼이꺼이 흐르는 눈물을 받아 내고 싶다.

(가슴으로 떨어지는 방울들이 전신을 적시도록 하고프다. 그 눈물이
시나브로 썩으면서 나는 조금씩 조금씩 성장하는 거야. 속으로 흘러
넘치는 눈물방울을 그들에게 조심스럽게 붓고 싶다…….)

이런 가슴앓이는 그 누구를 향한 미움과 서글픔도, 자아에 대한 질타도 아님을……. 단지, 엉클어지고 성긴 생의 꽃샘바람이 나로 하여금 서럽도록 시린 울음을 부추기고 있음을……. 내게 남아있는 육신과 영혼의 불순물들을 초잠식지(稍蠶食之)해야 해. 탄식과 함께 쏟아지는 삶의 온갖 노폐물을 다시 받아내어 나의 작은 정수리로 차곡차곡 접어 넣어야 한다.

비에 흠뻑 젖은 채로 방으로 들어왔다. 떨어지는 빗방울을 닦아낼 생각도 하지 않고 몸을 돌렸다. 시야에 머문 것은 그녀가 선물한 박

제된 학이었다. 그 학이 내게 많은 말들을 주워섬기고 있었으나, 그 정갈한 언어들을 간직할 수 없었다. 유리에 갇힌 박제된 학 속에서 많은 학들이 날갯짓을 퍼덕이고 있다. 그렇지만 날기를 좋아하는 새는 다분히 그만큼 고독하고 추락할 수밖에 없음을 이제야 깨닫게 되었다.

폐부 깊숙한 곳에서 새로운 언어가 싹을 틔우고 있다. 그리하여 살아남기를 갈망하는 말씀들이 나의 마음을 다시 가꾸고 있다. 살아남았다는 것에 대한 깊은 절망감…… 서로 사랑할 시간도 모자라는 우리는, 무엇 때문에 싸우고 다투며 피 흘리는 걸까? 기득권을 지키려는 세력과 파괴하여 새로운 질서를 건설하려는 자들의 처절한 혈투? 양심과 사회법의 갈등? 자존심과 자만의 대결? 피해의식과 자격지심의 차이? 권리와 의무의 힘겨루기? 권위와 위신 간의 불화? 서로 간의 이해력의 상실? 순종과 맹종의 불협화음? 대의(大義)의식과 소아적 생각과의 괴리감? 인습에 얽매이는 것과 자유를 누리려는 사상의 이질감? 이데올로기와 순진무구함의 이율배반적 논쟁? 아니면 이 모든 감정이 뒤섞인 어떤 그 무엇일까? …….

(……. 이제, 나는 하나의 물방울이 되어 강(江)에 누워 있으나, 언젠가는 커다란 바다에 이르리라고 믿는다. 그럼으로 하여 내 키가 세 치는 자라고, 자신의 키만큼만 하늘을 볼 수 있다면, 그때 난 더 큰 하늘의 얼굴을 볼 수 있겠지. 아마도 나는 지금 우리들의 흔들리는 섬 속에서 표류하고 있는 거야. 과연 나를 지상에 우뚝 서게 할 슬픔의 중량은 얼마쯤일까? ……. 심한 비굴만 남겨 주던 자위와 더불어 안온한 타협이 잦아들었다. 여기서 한 꺼풀만 더 벗겨진다면 내게는 무엇이 남을까? 무진(無盡)의 텅 빈 가슴인가? 무서리인양 흘러내리

는 회개의 눈물인가? …… 가슴으로 흐르는 눈물방울을 받아 간직하
기엔 몹시도 영특해져버린 군상(群像)들.)

나는 책상에 다소곳이 앉아 벽에 낙서를 한다.

그릇된 생을 살아온 것에 대한 탄식. 삶이 자아에게
고통으로 투영될 때, 이것은 결단코 아름다움이 될
수 없으면, 내가 죽어가는 신음소리를 들어야 하는
번민의 순간이어라! 자신의 그림자를 난도질하는
처절한 학대를 감수해야만 한다. 살아 온 나날들의
발자취 중에서 얼마나 많은 파편들을 움켜쥐고 통
곡해야 했던가!
그 바스라기의 파편이 오늘의 나를 썩게 하고 있다.
그 부패 속으로 안주하며 거기에 스스로의 타당성
을 부여했었어. 진리와 양심의 소리를 부인하려고
몸부림쳐왔던 어리석은 분신이여. 살고 싶음보다 남
고 싶은 심정이다…….
아름답고, 선하며, 진실된 것을 가진 물아(物我)는
모두가 신(神)이다. 그러므로 신은 그 어느 곳에나
충만히 임재해 계시나 미욱한 인간이 깨닫지 못할
뿐……. 살아가는 것과 사랑하는 것은 신이 우리에
게 부여한 최소한의 의무인 거야. 아울러, 이것이
생의 권리로 바꾸어 질 때, 비로소 우리는 삶의 의
의를 추구할 수 있는 거야! 즉, 인간의 삶의 권리는
희생하면서 살 때와 죽도록 사랑할 때뿐이야.

'왜…… 사니?'

'아마, 따스한 가슴을 키우려고…… 사는 걸 거야.
지상의 모든 소멸하는 것들을 사랑하기 위하여…….'

쓰기를 마친 나는, 주먹을 불끈 움켜쥔다. 곧이어 방 안에 걸려 있
던 거울이 모조리 박살나고, 바로 거울 속의 내가 죽어가고 있다. 그
렇게 엉겅퀴 줄기처럼 자라던 바람이 스러지고 있다.

다음 날 오후, 나는 그녀에게 전화를 했다. 마침 그녀는 긴 여행을
끝내고 막 돌아온 길이었다.

"어……떻게 지냈어?"

"그냥……. 바람의 얼굴을 찾아보려고…… 돌아다녔어."

"여행은 즐거웠어?"

"난, 바람머리만 느끼고 왔어."

그녀의 대답에 맞장구칠 수 있을 만한 적당한 단어가 생각나지 않
았다.

"나, 오늘……. 아버님 산소에 가려는데……."

"……."

그녀가 나에게서 시선을 거두고 무심한 표정으로 땅을 내려다본다.

"같이 가자?"

"……."

"……."

침묵하는 현실 앞에, 속에서 또다시 바람꽃이 일었다.

02

생(生)의
실루엣 I

　　　　　　• • • • • •

　비구름이 잔뜩 낀 하늘에서는 금방이라도 비가 쏟아질 것만 같았다. 스산한 바람기를 느끼며 나와 아내는 변두리 골목길을 돌아다녔다. 초가을인데도 방을 구하기가 쉽지 않았다.

　여기저기 복덕방을 돌아다니다, 나무 팻말에 <인연 복덕방>이라고 쓴 곳을 발견했다. 나는 팻말 하나만 덩그러니 붙어 있는 곳으로 걸음을 재게 놀렸다. 팻말 옆의 유리문을 조심스럽게 옆으로 밀었다. 민화투를 치고 있던 노인들이 명령에라도 움직이듯 일제히 고개를 돌렸다.

　"저어……, 방 하나 구하려고요."

　내 음성은 타들어가는 촛불처럼 힘이 없었다. 내 말에 기껑 나이 들어 보이는 노인이 심드렁한 표정으로 대꾸했다.

　"딱 하나 있기는 한데, 좀 작아놔서……. 식구는 몇이나……?"

　말꼬리를 흐리며 안경을 추스르는 영감의 표정은 딱딱했다. 댁이 있을 만한 곳이 못 된다는 눈치였다. 그런 낌새를 못 채는 건 아니었지만, 종일 돌아다닌 피곤도 있고 식솔이 단출하니 방이 작아도 괜찮을 성싶었다. 무엇보다도 돈이 빠듯했고…….

"저하고 집사람 그리고 네 살짜리 머슴애가 있을 뿐이에요."

내 말에 용기를 얻었는지, 안경 너머 노인의 눈길이 나를 향해 안도의 빛을 발했다.

"그럼, 방이라도 보실라요?"

마침내 복덕방 영감이 쭈뼛거리면서 작은 체구를 일으켰다. 그를 따라 좁은 골목길을 두 번 꺾어 들어갔다. 뒤쫓아 오는 개들을 쫓아 버리려고 애쓰면서 우리는 연녹색 나무 대문으로 빨려 들어갔다.

"팥죽 좀 드세요."

아내는 매우 공손하게 허리를 굽히며 주인댁 아주머니에게 팥죽을 건넸다. 나는 방에서 정리가 덜 된 책들을 하나하나 챙기고 있었다. 빼꼼히 열린 방문으로 아내의 모습만 보일 뿐, 정작 주인댁은 목소리만 들렸다.

"아유, 뭘 이런 걸 다……. 방이 좁아서 불편하실 텐데요. 내 집처럼 여기고 사세요."

아주머니의 음성은 팥죽에서 나는 김처럼 따스함이 묻어 나왔다. 아내는 다시 공손하게 말했다.

"앞으로 잘 부탁드려요. 깨끗하게 잘 쓸게요."

의례히 하는 말이겠지만, 전세인데도 깨끗이 도배를 해줘 고맙고 아주머니의 인상이 좋아 보인다며, 아내는 다시 허리를 꺾고 깍듯이 인사를 했다.

아내와 주인집 여자와의 이야기가 오고가고 있을 때, 나는 주인집 아낙네의 음색이 왠지 낯설지 않다는 생각이 들자 실없는 웃음이 터져 나왔다.

　그로부터 며칠이 흐른 토요일 저녁. 나는 집주인과 함께 실내포장
마차로 들어갔다. 제법 쌀쌀해진 날씨 탓인지 늦저녁의 습기 찬 냉기
가 써늘한 가슴속으로 번져갔다. 우리는 자리를 잡고 곰장어와 전어
를 주문했다. 탁자에는 오뎅, 곰장어 세 마리, 전어 두 마리가 놓여 있
었다. 아울러 소주 한 병이 둔탁한 소리를 내며 탁자 위에 놓여졌다.

　"자, 한 잔 받으슈."

　나는 오른손을 저으며 그가 쥐고 있던 술병을 낚아채다시피 하며
빼앗아 왔다.

　"주인어른부터 받으셔야죠."

　우리는 한두 잔 대작하며 통성명을 했고 나이를 밝혔다. 그는 서른
여덟 살로 올망졸망한 자식이 셋이라고 했다. 잔이 거듭되자 속에서
는 아지랑이가 피어오르듯 훈훈해져 갔다. 집주인은 담뱃갑에서 솔담
배 한 개비를 꺼내 입술에 쥐어 물었다. 그리고서 조심스레 의혹의
눈초리로 나의 안면을 살피더니 반 물음조로 말을 건넸다.

　"서른여섯이라고 하셨죠. 내 마누라랑 비슷한 나이군요. 주제 넘는
말 같습니다만, 학식도 있는 것 같고 내 처의 얘기론 금실도 좋다던
데……. 어찌, 이런 변두리로……."

　나는 성냥으로 담뱃불을 붙여주면서, 의도적으로 약간 시큰둥하게
말을 받았다.

　"누군가, 비밀은 마음의 재산이라고 하던데……. 아마 <날개>의 작
가 이상이 그렇게 말했을 겁니다. 얘길해 무엇 하겠습니까. 처가댁에
얹혀살았던 놈이……."

그는 두 모금 빤 담배를 탁자의 모서리에 내려놓으며 미안한 듯 말꼬리를 돌렸다. 멋쩍어하며 그는 말소리를 조금 더 낮췄다.

"지내시기가 많이 불편하시죠? 푸념이 되겠지만, 글을 쓰기 위해 내가 지었던 방입니다. 저녁부터 그 방에 처박혀서 글을 썼습니다. 여러 잡지사에 기십 번 내봤는데…… 번번이 미역국입니다. 3년을 그렇게 하다가 결국 조금 쌓였던 책을 모두 불사르고 글쓰기를 그만두었소. 책을 태울 때 회한의 눈물이 흐릅디다. 지금은 K회사 인사부에서 근무를 하고 있지만……."

그가 잠시 이야기를 끊고, 담배 연기를 깊이 들이마셨다. 소주잔이 입에 들어가고서야 이야기가 이어졌다.

"문학 앞에서 자신이 비겁자임을 깨달았을 때, 나 같은 놈은 문인의 반열에서 배척되어야 한다는 인식이 절실하게 가슴을 후려칩디다. 그때의 절망감이란……."

말을 마친 주인은 다시 소주잔을 들이켜고 담배의 마지막 모금을 꽤나 깊이 빨았다. 책을 태울 때의 연민과 서글픔이 뒤범벅돼서인지 그의 양미간이 유난히 떨리고 있었다. 잠시 동안 찐득한 침묵이 감쌌다. 서로 아무 말 없이 자작을 했다. 분위기가 더 서먹서먹해질 것 같아 전어를 씹던 나는,

"하기사, 저도 학창시절 문학회 회장도 했었습니다. 하지만 그 작업이 산사나이가 맨 몸으로 에베레스트 산을 정복하겠다는 무모함이었다는 걸 깨닫고, 깊은 크레바스에 빠져 헤매다가, 결혼 후 글쓰기를 포기해 버렸습니다. 그래도 작품 쓴다고 낑낑대던 때가 행복했던 시절 같아요."

그가 내게 술잔을 내밀었고 나는 소주잔을 받았다. 술을 따르던 그

가 불현듯 생각이 난 듯,

"참, 부인이 꽤 미인이시던데⋯⋯."

"원 별 말씀을⋯⋯. 남편 구실을 제대로 못해 민망스럽기만 한데⋯⋯."

신포도를 씹을 때처럼 씁쓸한 웃음을 자아냈다. 나는 잔을 높이 치켜들었다가 입으로 털어 넣고 그에게 건넸다. 잠시 뜸을 들이던 그가 근심 가득한 어조로 내게 물었다.

"그런데 직업은 구하셨소?"

자격지심인지 그의 말이 나를 빈정거리는 어투로 들렸다. 그래서 몹시 못마땅해 낮고 날카로운 목소리로 대꾸했다.

"아직도 처가 신세를 지고 있는 놈입니다"

그에게서 인사담당이라는 직업에서 오는 사무적인 어투와 은근한 과시가 내 신경을 건드렸기 때문이다. 그러면서도 주인이 있다는 K 회사에 자리를 부탁하고 싶은 맘이었다. 그렇지만 나의 오만과 자존심이 도저히 허용치 않아, 그저 이 상태로 버티는 데까지 버티기로 작정했다.

매캐한 분위기에 차차 익숙해지며 취기가 서서히 엄습했다. 눈의 물기가 조금씩 얼어붙는 것 같고 몸뚱아리가 허공 속으로 소멸하는 느낌이 들었다. 나는 더 이상 초라해지고 싶지 않아,

"이제, 그만하고 일어서죠. 첫눈이 오는 날 한잔합시다. 그땐 제가 내겠습니다."

하고 몸을 일으켜 세우며 말했다.

밖의 기온은 무겁고 싸늘했다. 별들이 하늘의 푸르름 속에서 가느다랗게 바르르 떨며 서 있었다.

그 후로도, 나는 부친(父親)의 부재를 인정하려고 몸부림쳤다. 그러나 선친의 환영을 잊기 위해서 애쓸 때마다 목구멍이 꺼억-꺽 울릴 뿐이었다. 아, 아버님! 불면의 밤을 밝히고 날이 밝아 오면 나는 내가 살아 있다는 것을 확인하는 작업을 해야만 했다. 무엇인가 목구멍으로 치솟아 오르는 그 느낌과 흐르는 눈물의 무게를 가늠하곤 했다. 감정이 차디찬 이성에 지고 있는 것을 한탄하면서……

한 달을 허송세월하다가 일자리를 얻었다. 단지 육체의 힘으로만 하루를 보내면 되는 A주식회사 건설부에 취직을 했다. 일이 힘들어 퇴근 후에는 곧장 잠에 떨어졌다. 한 달 동안은 육체가 정신적 슬픔을 잊는 듯했다. 점진적으로 서글픔이 잦아들면서 뜨거운 감정을 삭이는 연습을 하고 있었다.

그러나 늦가을 비가 추적추적 내리던 날. 밤이 먹구름처럼 다가와 점점 짙게 퍼져가자, 살아온 나날의 파편들이 여러 갈래로 조각나 심장으로 비수처럼 꽂히고 있었다. 그것은 기억에서 헤어나지 못하는 절망이란 이름의 핏방울이었다.

운애(雲靄)가 자욱이 낀 생활이 묵묵히 흐르던 12월 초순. 형이 철근반 작업장까지 찾아왔다. 도망치고 싶었다.

"아, 여기 계셨군, 퇴근하다 집 대문 앞 골목에서 제수씨를 만났는데, 늦게까지 안 들어온다고 걱정하기에……"

느닷없는 불청객이었다. 나는 반쯤 마신 잔을 내려놓고 고개를 치켜세웠다. 그는 내 안색을 살피다 점잖게 앉더니 담배를 권했다. 어느 누구와도 말하고 싶은 심사가 아니어서 전혀 모른 척했다. 10여 분이 흘렀을까, 오랜만에 마신 탓인지 쓰던 소주가 달짝지근하면서 취기가 올라 금세 취중으로 빨려들었다. 나는 그제야 그를 발견한 듯이 잔을 건넸다. 그는 잠시 쭈뼛거리며 무안해하면서도 잔을 받았다. 모든 노폐물을 쏟아 붓듯 나는 넘치도록 술을 따랐다. 잔을 받아 놓고도 딴 곳으로 시선을 돌리던 그가 갑자기 잔을 높이 치켜들었다. 그리고는 유쾌하게 웃으면서 입을 떼었다.

"아마, 샤를 보들레르가 말했지. 노동이야말로 영혼을 미라대로 간직하는 소금이 아니냐고…… 밖의 눈을 안주 삼아 소주를 마셔 볼까. 음, 좋아요. 좋아요. 밖의 눈발이 좋아요."

나이에 걸맞지 않게 요즘 유행어를 흉내 낸 그는 자신도 우습던지 키득거렸다. 허나, 나는 표정을 잃은 눈망울로 기계적으로 눈길을 밖으로 돌렸다. 첫 설이 내리고 있었다.

(저 흰 눈은 부모님 무덤에도 내리겠지, 아마도 포근하실 거야…….)

정신이 몽롱해지면서 앞에 있는 사람의 얼굴이 두세 겹이 되어 갔다. 나는 그를 향해 훈장에게 도전하는 무례한 학동처럼 억양을 높였다.

"인간 영혼의 수명은 한(限)이 있소? 그렇잖으면 무한한 거요?"

그는 내가 무안을 준 것에 대해 설욕이라도 하듯 엉뚱하게 딴소리를 했다.

"이렇게 첫눈이 내리는 땐 그리운 사람을 만나, 사랑을 해야 하는 건데……."

그가 나의 질문에 응답을 않고 뜬금없는 소리를 하자 온몸의 실핏줄과 신경세포가 곤두섰다. 조금만 친했다면 면상을 후려치고 싶었다. 허나, 그것도 잠시뿐. 오히려 내가 지옥의 심연에서 울부짖는 가련한 사람처럼 느껴져 몸을 축 늘어뜨렸다. 그러자 소금기가 눈두덩에서 볼 위로 흘러내렸다. 차라리 소리 내어 울고 싶었다. 눈물이 소주잔 속으로 떨어져 가벼운 파문이 일면서 그 속에서 그리운 사람들이 어른어른 거렸다. 아버님, 어머님, 형님…… 그리고 아내.

상체가 서서히 꺾였다. 손가락의 떨림도 유난히 심했다. 그가 멋쩍어하면서 자기의 연애시절 얘기를 하고 있었다. 그러나 나의 귓전에는 수희와…… 연애와 결혼은 별개…… 눈 오는 날 헤어졌는데…… 하는 단편적인 파편 조각만이 맴돌고 있었다.

사설을 마친 그가 "이제는 당신의 사설을 듣고 싶다"는 표정을 지어보였다. 그때 문득 현숙이가 뇌리를 스쳤다.

(망할 자식! 그리운 사람이라고, 사랑한 사라－ㅁ…….

그래 내게도 사랑했던 여인이 있었지…….)

결단코 발설치 않으리라고 했었던 응어리진 이야기가 흘러나왔다. 취기 때문만은 아니었으리라. 어쩌면 그것은 경찰관의 끈질긴 유도심문에 걸려든 범인의 자백과도 같았다.

"봄 시화전 때, 그녀와 내가 처음으로 만났습니다. 판넬에 그릴 그림 때문에 미팅의 형식을 빌려 S대 미대생들을 만났죠. 그녈 처음 봤을 땐 그렇게 미인은 아니었으나, 눈은 요정이 만든 것 같았고 짙고 검은 속눈썹이 아름다웠습니다. 덧붙인다면 작은 입술이 매혹적이었습니다."

잠시 이야기를 끊고 단숨에 소주잔을 입에 털어 넣었다. 여기서 끝낼까 순간 망설였으나 입술에서는 벌써 발화가 시작되고 있었다.

"그때 그녀는 2학년이었고 난 국문과 2학년이었죠. 우린 전시회가 끝난 후에도 몇 번 만났습니다. 부끄러운 말이지만 당시 난 여자를 사귀어 보지 못했습니다. 여성의 심리를 잘 몰랐던 나는 그녀를 당혹하게 만들곤 했죠. 때때로 심하게 다투기도 했답니다. 그러던 어느 날 그녀는 내게 편지로 결별을 선언해 왔습니다. 그러면서 어줍지 않게도 그날 내게 '우리의 만남은 소중한 만남이었어'라는 표현을 썼죠. 순간 나는 '좋다 헤어져 주마. 이것이 이별 연습일 거야' 하는 맘으로 잊어버리려고 애썼습니다. 그런데 한 달이 지나고 방학 무렵 그녀가 미치도록 보고 싶었습니다. 당시 그녀는 신상에 대해 일절 말을 하지 않아서 나는 그녀가 사는 동네 이름만을 알고 있었을 뿐이었죠. 그래서 나흘 동안 나는 아침부터 저녁까지 J동을 샅샅이 훑었어요. 물론 S대에 가서 신상카드를 뒤져 본적과 현주소를 적는 데 성공했죠. 이 일도 쉬운 일은 아니었으나, 현주소는 옛날 주소였어요. 그래도 혹시나 하고 찾아가 봤으나 새로 이사 온 주인집 아낙은 'J동으로 이사 갔다는 것밖에는 모른다'고 했어요."

이야기의 실타래가 너무 술술 풀려나갔다. 주체할 수 없는 회환이 밀려왔지만 다시 입술이 달싹였다.

"그녀는 형부 집에 얹혀살았고 퇴거신고도 아직 안 했더군요. 그녀의 집을 찾는다는 것은 사막의 모래에서 바늘을 찾는 것 같은 일이었어요. 그래도 나는 J동에 가서 아무나 붙잡고 그녀의 이름을 댔고 성(姓)만 같은 문패만 보이면 무조건 들어가 물어 보았어요. 미술학원, 상점, 쌀집, 미장원, 사진관, 복덕방……. 모든 가능성에 도전해 봤으나 허사더군요. 너무도 뻔한 결과였죠. 안 되겠다 싶어 그녀의 시골집으로 내려갔어요. 그녀의 춘부장은 예상대로 완고하셨죠.

'앞길이 창창한 학생이 공부는 안 하고 계집애 꽁무니만 따라다니니 한심한지고……'

하시며 탄식하시더군요. 그 고장에서 닷새를 머물면서 끈질기게 설득했으나 언제나 대답은 한결 같았어요. '내는 그 아이가 어디 사는지 모른다'는 말씀만 하셨죠. 다시 서울로 올라온 나는 처음엔 증오심으로 불탔으나 그것이 사랑의 불씨라는 것을 깨닫게 되었어요. 이번엔 J농 버스 정류소에서 기다려보기로 했죠. 방학이 한 달쯤 지날 때였죠."

나는 담배를 반쯤 피운 후, 더 이상 말해야 하나? 하고 잠시 망설였다. 그런데 집주인은 미동도 하지 않고 내 말이 이어지기를 끈질기게 기다렸다. 그의 끈기가 나의 기억을 송두리째 훔쳐갔다.

"정거장 쪽 2층 다방 창가에 앉아 엿새를 기다렸을 때, 드디어 나는 그녀를 발견했어요. 아침 8시였고 외출복 차림으로 차를 기다리는 모습이었어요. 거짓말 같은 사실이었지요. 방학 한 달은 그녀에게 바친 셈이었죠. 그때 내가 왜 그렇게 무모했고 그녀의 어디가 그렇게 맘에 들었는지 20년이 지난 지금도 잘 모르겠습니다. 아마 이것이 사랑 연습이었겠죠……."

여기서 나의 사설이 잠시 그쳤다. 그 까닭은 스스로 타들어가던 꽁초가 손가락 마디 끝을 데게 했기 때문이었다. 그만두고 싶었다. 허나, 이미 이 지난 얘기이며 또한 술기운이 만용을 부추기고 있었다. 그녀에 대한 기억과 추억이 첫눈 속으로 깊이 파묻히고 있었다.

"그녀는 나를 보자 당황해하는 빛이 역력했으나 의외로 말은 거칠었습니다.

'잊어버린 줄 알았는데요. 여기서 뭐 하시는 거예요?'

그 말을 듣는 찰나 마지막 남은 희망의 연줄이 툭 끊어지는 것 같아서 얼마나 한스러웠는지……. 속으로 그녀를 향해 수십 번도 더 비수를 던졌으나 나도 태연한 척했죠.

'응, 친구와 약속이 있어서 가다가 우연히 보았을 뿐이야.'

하지만 나의 언어는 너무도 서툴러서 말을 갓 배운 아기와 같았죠. 아시겠지만 여자에게는 남자보다 열 배는 빠른 직감력이 있죠. 그녀는 내 눈을 읽은 듯이 '지금은 시간이 없어요. 가야 할 데가 있어서……'라고 얼버무리며 피하려고 했으나 나의 얼굴은 점점 굳어만 갔죠. 그러는 내가 안쓰러웠든지,

'아르바이트 때문에……. 할 말이 있으면 저녁 8시에 요 앞 XX다방에서 만나.'

하고는 홀연히 사라져 버렸소. 난 맥이 탁 풀리면서 멍하니 서서 멀어져 가는 버스를 바라보고만 있었죠. 그러다가 정신이 돌아오자 곧장 근처 학사주점으로 갔습니다. 그리곤 정신없이 마셨소. 서글픈 감정이 망울거리며 애증(愛憎)으로 끓어오르는 가슴속에서는 '병든 장미! 뿔난 망아지 같은 계집애!'를 되뇌면서……. 내가 눈을 떴을 땐 약속시간이 30분 지난 뒤였고 술집안방이었소. 주인 말이 아홉 시부터 마시더니 정오에 화장실 간다고 일어서는 순간 폭 꼬꾸라져 방으로 옮겼다고 합니다. 고맙다는 인사도 없이 황급히 뛰었죠. 믿기지 않게도 그네는 기다리고 있었어요. 그녈 본 순간, 나는 모든 미움과 증오가 연기처럼 사라져 버립디다. 내가 자리에 앉자 그녀가

'갈려고 일어서려던 참이었어요' 했고 난 '고마워' 이 말밖에는 할 말을 잃었었죠. 그때 난 맨발이었죠. 그렇게 우린 다시 만났어요. 그렇지만 역시 하루에 2,000개의 얼굴을 가지고 있는 여성의 마음을 읽

는다는 것은 여간 어려운 작업이 아닙디다. 지상에서 가장 힘든 것이 타인을 사랑하는 거더군요. 조금씩, 아주 조금씩 그녀는 내게 기울기 시작했었죠. 서로 어떤 끈적끈적한 행복을 느꼈고 포근함을 간직했죠. 서로에게서 일종의 자유함을 얻기까진 엉겅퀴처럼 일어서는 불면의 밤을 수없이 태워 버려야 했고, 2학년 여름방학이 끝날 무렵, 우린 경춘선을 타고 교외로 나갔어요. 뙤약볕을 난사(亂射)하면서 흐르는 냇물은 투명해서 바닥이 훤히 보였죠. 여인의 날로 성숙해 가는 자태와 젊은이의 패기 있는 모습이 냇물에 어울려졌을 땐 행복했었어요. 우리의 뜨거운 포옹과 키스……. 우린 장래를 약속했었죠."

잠시 말을 끊고 지그시 눈을 감았다. 집주인은 소주와 안주를 더 시켰다. 곧 술집주인이 매운탕을 가져왔다. 한 잔을 순식간에 비운 나는 심드렁한 어투로 넋두리를 이어갔다.

"그러나 그해 찬바람이 몹시 불던 겨울, 엄친은 섶이 불에 타서 스러지듯 돌아가셨소. 간질병의 재발이었죠. 아버님이……, 영안실에서 뵌 부친의 시신은 무서웠습니다. 입술을 악물고 얼굴을 찡그린 채 통한(痛恨) 속에 죽은 얼굴이셨소. 금방이라도 자신의 인생에 대한 신음 소리가 새어나올 듯했죠. 가족과 사회를 위해서 정말로 열심히 사셨던 분인데…… 입관할 때 그녀가 왔더군요. 그것이 내가 그녀를 본 마지막이 될 줄이야. 봉분(封墳)을 마치자 눈이 조금씩 내리고 있었죠. 모친의 비통해하는 얼굴에는 한이 묻힌 얼음장 같은 차가움이 감돌았습니다. 한 달이 지나자 부친의 회사 빚이 청산되었고, 그 이후로 나와 모친은 형 집에 얹혀살아야만 했소. 형과 한 방을 쓰게 된 날부터 나는 그녀를 기피했습니다. 그것이 그녀를 자유롭게 해주는 것이라고 믿었기 때문이었소. 고향으로 내려가 지친 몸과 영혼을 달래며,

모든 언어를 망각해 버리는 과정을 수없이 되풀이해야만 했소. 새 학기가 시작될 때 곧장 올라와 휴학을 해 버렸소. 군입대였죠."

"형씨, 아까 춘부장께서 무슨 병으로 돌아가셨다고 했죠?"

잠자코 안주를 축내며 듣기만 하던 그가 불현듯 강한 의문을 던졌다. 어떤 확인을 받아두려는 듯한 어조였다.

"간질병이요, 왜!"

나는 몹시 화난 목소리로 대꾸해 버렸다. 목젖이 울리며 목이 메어왔다. 선친의 주검이 떠올라서 취중에서도 몸서리가 쳐졌다. 시선을 돌렸다. 창문 밖에는 눈발이 굵어지고 있었다. 나는 세 잔을 거푸 들이켜고서 고개를 떨어뜨렸다. 한참을 그러고 있었다. 그러자 앞에 앉은 남자가,

"자……."

그 남자가 나머지 얘기를 마저 듣고 싶다는 표정을 지으며, 내게 담배를 권하며 불을 붙여 주었다.

"어떻게 알았는지 편지가 오더군요. 그렇지만 난 그녈 생각한다는 것조차 두려웠어요. 그녀가 활짝 핀 공작이라면 나는 그녀의 날개를 갉아먹는 들쥐밖에 안 된다……. 결코 어울려서는 안 된다고 폐부에 굵은 못을 박고서 잊어버리기로 했었죠. 다른 좋은 사람을 만나 그녀의 재능을 맘껏 펴기를 바라는 맘뿐이었어요. 그 쓰라림은 도무지 베어낼 수 없는 원죄의 업고인 양 시커먼 자신의 그림자를 제거해 버리려는 몸부림이었죠. 즉, 숨쉬기를 거부해 버리려는 처절한 절규였어요. 두 번째 휴가를 나왔을 때 그녀의 졸업식이 있다는 것을 알게 됐죠. 마지막으로 한 번만 더 보고 싶었어요. 하지만 학사모에 한복을 곱게 차려입은 모습은 더욱 아름다울 것이나, 비례해서 내 모양은 더

욱 궁상맞을 것 같아서 안 갔죠. 나는 그날 하이에나처럼 거리를 헤매고 다녔습니다."

그날의 슬픔이 다시 목젖을 울리며 눈시울을 뜨겁게 했다. 20여 년이 다 되었는데도 어제 일처럼 선명히 떠올랐다. 담배를 다시 한 대 물었다. 포장마차를 감싸고 도는 뿌연 연기가 과거의 기억을 감싸 앉고 나의 시신경을 현실로 몰아세웠다.

"이윽고, 형벌을 꿋꿋이 감수하던 저는 제대를 했죠. 나의 분신이던 그녀의 그림자를 결국 잘라낸 것이었어요. 어찌 보면 스스로 만든 형벌이었는지도 모르겠지만…… 형의 신세를 지면서 졸업을 했어요. 곧 취직을 했지만 경력이 붙을수록 믿을 수 있는 것은 오로지 나밖에 없습니다. 사회라는 태평양에서 현존하는 건 내 자아의 음성이며 거친 숨결과 뜨거운 심장밖에 없습니다. 여사원을 하나 꿰어 차고 사직을 해 버렸어요. 그리고 은행 대리였던 형에게 졸랐죠.

'형, 염치없지만 이번이 마지막 부탁이야. 절대로 어떤 부탁도 형한테 하지 않을게.'

마침내, 난 조그만 와이셔츠 공장을 차릴 수 있었어요. 하청으로 직원도 몇 안 됐지만, 결혼 3년 후, 아들 돌 때 아기 재롱에 형과 어머님의 기뻐하시는 웃음소리는 잊지 못할 겁니다. 하나 말이요, 운명의 여신의 장난인지 살 만하니까 화재로 모든 것이 잿더미가 되더군요. 잿더미가…… 5년이 채 안 되어서였어요. 여기저기서 부도가 나고 나보다 더욱 난처한 것은 형님이셨죠. 대부금 때문에 겨우 마련한 집을 팔아 매워야 했었으니까. 내가 무슨 낯짝으로 형님을 찾아뵙겠습니까!"

담배를 쥔 손이 자꾸 떨렸고, 더 이상 기억을 들추고 싶지 않았다.

포장마차 주인이 우리에게 다가왔다.

"문 닫을 시간이 넘었는데요."

하자, 앞의 남자가 가볍게 손을 가로저으며 간청했다.

"미안하오. 조금만 더 있다 갈 테니, 소주 한 병하고 안주 좀 넉넉히 해서 주구려."

잠시 머뭇거리던 술집주인이 안주가 널려 있는 유리관 앞으로 되돌아갔다. 그가 담배를 빼어 불을 붙이면서, 나를 쳐다보고는 지나가는 투로 말을 툭 던졌다.

"형님이 대부금 때문에……."

그 소리에 여태까지 무슨 넋두리를 읊조렸는지조차 기억할 수 없었던 나는, 방금 잠에서 깬 환자처럼 화들짝 놀랐다.

(아, 그래. 대부금이었어! 형님이 집을 매각했고, 하꼬방 집으로 이사 간 날 형님은 나와 술잔을 기울였었지. 아무 말 없이……. 그리곤 일어서서 형님은 내 손을 꽉 잡고 위로해주었다.

"누구에게나 실패란 있는 거야, 어떻게 딛고 일어서느냐가 중요한 거지."

아버질 꼭 배닮은 진선 형!

나는 언제 그의 얼굴에 미소를 되찾아줄 수 있을까?)

형과 어머님의 얼굴이 거친 파도처럼 일렁거렸다. 그래 우리는 만남의 미학보다 이별의 안타까움에 더 친숙한지도 몰라. 내 삶의 실루엣은 왜 이리 질기고 길게 늘어져 있는가?

내 앞의 남자가 새로 온 소주병 마개를 조심스럽게 딴 후, 내 잔에 조금씩 부었다. 나는 잔을 입에 털어 넣고 마지막 넋두리를 엮어 갔다.

"그 사건의 충격으로 아내는 유산을 했어요. 십자가를 짊어지고 골고다 언덕을 오르던 사람과 같은 처참한 심정으로 처가댁으로 들어갔었죠. 장인은 법조계에 다니시던 분이셨죠. 그 후로 어머님이 두어 번 찾아오셨어요. 예순다섯을 넘기신 모친이었으나 주접대지도 않으시고 아무런 표정도 없이 앉았다 가시곤 했죠. 나는 당신의 얼굴에서 어떤 말씀도 읽을 수 없었어요. 그런데 오늘 아침 형이 작업장까지 찾아와서 덤덤히 모친의 사망을 알리더군요.

'달포 전, 어머님이 죽음을 맞으러 가신다고 할 때 감히 막질 못했다. 형편보다도 당신의 좀처럼 없으셨던 근엄한 어조 때문에 어쩔 수 없었다. 사흘 전에 보모(保姆)로 계시는 친구 분에게서 전화가 왔더구나. 그렇게 말려도 억척스레 일을 하시더니 쓰러지셨다고……. 어머님 뵐 면목도 없지만…….'

형은 글썽이는 눈물을 참으면서 모친의 장례를 치르러 가자고 했어요. 모친의 유품을 정리하다 빛이 바랜 사진 한 장을 발견했죠. 우리 가족사진이었는데 거기엔 미스 김도 있었어요. 나와 다정하게 팔짱을 낀……. 순간, 당신께서 왜 그토록 그 사진을 아끼시며 간직하셨는가를 대번에 짐작할 수 있었어요. 그녀가 집에 올 때면 극진히 아끼시며 꼭 며느리로 삼고 싶어 하셨던 나의 어머니. 아니 그건 우리 가정이 가장 행복했던 때를 나타내주는 사진일 거예요. 묻히기 전의 어머님은 늙고 쭈글쭈글한 두 눈에 공허함이 가득 차 있었죠. 먼저 돌아가신 엄친의 눈보다 더 비어 있었어요. 그리하여 마침내 어머님은 아버님 품에 안기시게 된 거죠."

더 이상 가슴속에서 어떠한 단어도 떠오르지 않았다. 취기 때문이 아니라 불효자의 눈물이 앞을 가려서였다. 낮에 이 두 손으로 삽질을 하고 온 내가 아닌가······?

다리를 꼬고 줄담배를 피우면서 듣고 있던 집주인이 침울한 어투로 입술을 떼었다.

"혹시, 자당(慈堂)의 함자는 이, 현 자 자 자 여사시고, 춘부장께선 정, 효 자 철 자 사장 아닙니까?"

타인의 부모님 존함을 정확히 안다는 것은 내게 엄청난 충격이었다. 나는 충격에서 헤어 나오지 못하고 그의 입술을 뚫어지게 쳐다보고 있었다. 잠시 후, 그가 입술을 씰룩이면서 말을 했다.

"이 말은 안 할라고 했는데······. 얘기가 나온 이상 해야겠군. 여태까지 형씨가 늘어놓았던 '그녀'의 이름은 김현수이죠. 지금은 내 마누라가 돼 있는······. 댁이 이사 온 다음 날이었소. 처의 안색이 너무 우울해 보여서 이유를 캐물었지. 한참 후에야 눈물을 찔끔거리며 당신이 첫사랑의 남자였었다고 고백할 땐······. 그래도 설마 했었는데······."

"······??"

"······!!"

깊은 밤······.

창밖에는 폭설이 내리고 있었다.

03

개꼬와
할매

．．．．．．

　따사한 봄바람이 산등성을 넘실대는 청명한 하늘, 그 아래에 하늘을 이고 사는 사람들이 옹기종기 모여 정(情)을 나누며 지내는 고을이 있었다.

　둥근 산을 앞에 두고 있는 집들 중에 집 지키는 능구렁이가 있는 초가 한 채가 있었다. 토담으로 지은 집이었다. 꽃봉오리를 감춘 연둣빛 박덩굴이 지붕을 향해 얼굴을 내밀고 있다. 초가의 방은 두 개이고 부엌 옆에 땔나무가 베틀의 날줄과 씨줄처럼 쌓였다. 좌편에는 광과 헛간이 있고 헛간 옆은 외양간이며, 외양간과 붙은 돼지우리엔 새끼들이 어미젖을 빨고 있다. 토담집 맞은편 토끼장엔 집토끼들이 아카시아 잎을 아삭아삭 열심히 씹고 있다.

　마당에는, 토종닭들이 썩은 냄새 나는 두엄더미를 쪼고 있었고 하루살이와 파리 떼가 어지럽게 날아다니고 있다. 마당의 오른쪽에는 두레박이 매달린 우물과 커다란 고목 두 그루가 위풍당당하게 서 있었다.

또한 싸리 울타리 안에는 옥수수, 돌수수, 해바라기 등이 자라고 있었으며 집 뒤쪽에는 대나무가 울창했다. 장독대가 있는 곳에는 목련, 맨드라미, 모란, 작약이 보였다. 라일락이 화사하게 웃고 있으며 복사꽃, 앵두꽃이 숫처녀의 얼굴을 자랑하고 있다.

"애고, 오매요! 후딱 와 보시이소."

"아니, 자다가 봉창 두드린다드니 뭐 시간디 그렷싸? 아 지저귀나 널고야."

"복냄이가, 복냄이가 죽을랑 게베요! 얼굴이…… 하이구메……."

할미꽃 피어나는 따사한 봄날을 휘몰아치는 듯한 목소리에 놀란 복남이 할머니 성(成) 씨는, 기저귀를 헹구다 말고 후닥닥 사랑채로 들어갔다.

복남이의 거친 숨소리와 문풍지 같은 얼굴에 기겁을 한 성씨는 "아니, 메눌아 요거시 뭔 일이다냐? 요게 워치케 된 일이여?" 하며 다그쳤으나 며느리 조(趙) 씨는 대통 맞은 병아리 꼴이었다.

"하이고, 영감. 영감 싸게 와 보소요. 복냄이가 개꼬가 들었당게요. 잉!"

할머니 성 씨의 감정에는 다급함이 섞여 있었다. 옆에 있는 며느리 조 씨는 "하고, 이를 워쩐 당가……." 하면서 그저 흐느껴 울 뿐이었다. 환갑을 바라보는 나이의 성 씨였으나 24세 큰아들이 낳은 첫손자 놈이기에 당혹해하는 것 같았다.

"핫따매, 이 일을 우얄꼬? 야가 개꼬가 들다니……."

목이 메어 나오지 않는 목소리로, "에고 우리 웃대님들요……"를 되뇌던 성 씨는, 순간 복남이 할아버지 박 영감이 밭에 있을 거라고 직감했다. 할머니는 깔딱깔딱하는 복남이와 치맛자락으로 눈물을 닦으며 서러워하는 며느리를 남겨두고, 빠르게 섬돌을 뛰어넘었다. 그녀는 고무신도 신지 않은 채 싸리문을 부서져라 열어젖히고 달려가고 있었다.

길가에는 소똥, 염소똥, 새똥이 질펀하게 널려 있었다. 그녀는 돌멩이를 밟을 때마다 발끝이 아려왔으나 "에이고 영감, 복냄이가……"라고 하면서, 계속해서 뛰고 있다. 들 여기저기서 피어난 쇠비름, 씀바귀, 떡쑥, 달래, 싸리냉이, 물굿, 제비꽃 등과 커다란 느티나무, 정자나무가 미친 듯 달리고 있는 그녀를 물끄러미 쳐다보고 있었다. 동네 아낙네들은 "하니, 복냄이 할매가 워짠 일이랑가?" 하고 도란거리면서 의아해했고, 저 멀리서 아지랑이가 아물아물 흔들리고 있었다.

세 평 남짓한 사랑방에서는 어머니 조 씨가 초조한 눈빛으로, 숨을 몰아쉬는 다섯 살 박이 어린 자식을 내려보고 있을 뿐이었다.

열아홉 꽃다운 나이에 시집와 그토록 소망해 낳은 첫아들이었다. 복남이 엄마는 눈에 넣어도 아프지 않을 자식이 뽕잎에 매달리려고 발버둥치는 누에처럼 심한 신음소릴 내며 뒤치고 있는 것을 넋 나간 사람인 양 응시하고 있었다.

"생전에 내가 무신 죄가 많아, 요 모냥인고!"

복남이 엄마는 자신을 자책하면서 뜨거운 물기를 미룽종이 장판에 어수선하게 떨어뜨리고 있었다. 고개를 숙이던 그녀는, 열 살이 채 되기도 전에 자기를 무척이나 귀여워해주시던 할아버지의 시신(屍身) 앞에서 맛보았던 충격과 슬픔이 교차되는 걸 느꼈다. 그녀는 그 슬픔이 다시 다가오는 것 같아서 눈앞이 가물가물 거렸다. 이어서 아들의 기구했던 출생이 떠오르기 시작하였다.

≪첫애를 배어 가지고 해산할 무렵. 아이가 쉽게 나오지 않아 이레 동안이나 밤낮으로 심한 진통 때문에 몸을 뒤틀면서 지냈다. 막다른 골목이 되면 돌아선다고 했듯, 이런 진통을 이상히 여긴 성 씨가 동네 산파할멈에게 보였는데, 산파는 "괜찮으닝께, 몸조례나 잘혀믄 암시랑토 안 헐 껴" 하고는 집으로 내려갔다. 조금 안심이 됐으나 그래도 좀 겁이 났었다. 그러던 중 다행히도, 엿새째 되는 날 아침에 천장이 온통 노래졌다가 다시 한 점으로 보이는 몸서리치는 진통과 함께 순산을 하였다. "워메, 꼬추여!"

성 씨의 목소리를 밖에서 얼쩡거리던 박 영감이 듣고 "아니, 그란디 우째 아, 우는 소리가 안 난당가?" 하면서 걱정하였다. 여하튼 고추 달린 첫손주를 받아내 기뻤던 할머니는, 웃주 삼신이라 하여 웃줄에서 채여 어미의 탯줄을 목에 감고 죽어서 태어난 애기를 보자 몹시 다급해졌다. 성 씨는 불난 강변에 덴 소 날뛰듯, 핏덩어리 아기 발목을 잡고 거꾸로 들고 좌우로 흔들었다, 눕혔다가 다시 흔들고 하기를 서너 차례 계속했다. 하지만 갓난아기는 여전히 죽은 채로 있는 것이 아닌가! 구슬땀이 송송 맺히고 몹시도 애가 탄 성 씨는, 이번에는 왼손으로 핏덩이를 거꾸로 흔들면서 오른손으로는 애기의 귀때기를 잡고 푹푹 누르며 충궁거리길 시작했다. 그러기를 얼마간, 끈덕지게 흔들며 충궁거린 것이 효과가 있었던지, 죽었던 아이가 음식물을 토하듯이 외마디 소리를 질러댔다.

"웨엑, 웩……."

아이가 이 소리와 함께 드디어 울기 시작하였다. 살아났으므
로 우선 한숨은 돌렸으나, 오래오래 살라고 탯줄도 안 끊고 아
랫목에다 덮어 두었다. 얼마 후에 호롱불 밑에서 배꼽의 탯줄
을 무명실로 꽁꽁 묶은 후에 가위로 자르고 솜으로 꼭꼭 눌러
두었다.

이렇게 하여 낳자마자 죽었던 복남이는 죽은 나무에 꽃이 피
듯 가까스로 되살아난 것이었다.≫

물론 이것은 상당부분 시모(媤母)인 성 씨에게 들은 것이지만 지금
의 조 씨에게는 너무도 소중한 일이어서 꺼지지 않는 불씨처럼 눈에
선하였다.

첫아들 복남이의 출생에 대한 영상이 사라지자, 실개울처럼 흐르
는 눈물샘을 타고 또 하나의 환각이 그녀를 사로잡았다. 바로 달포
전에 친정에 다녀온 일이었다.

≪아무리 매운 고추도 시집살이만 못하다고 시집살이가 고달
픈 열아홉 살 새색시는, 장안리(長安里) 앞산만 쳐다봐도 눈시
울이 뜨거워졌었다. 그때마다 능길(陵吉)마을과 친정 부모님들
생각밖에 나지 않았으나 좀처럼 짬이 나지 않았었다. 그러던
중에 몇 해 만에 겨우 승낙을 받고서 제백사(除百事)하고 복남
이를 들쳐 업었다. 명태와 잎담배, 곶감을 정성스레 싸들고 삽
짝 문을 나섰다. 아무리 많이 챙겨줬어도 그녀는 선떡 가지고
친정 가는 것 같아 신경이 쓰였다. 친가까지 30여 리 산길도

단숨에 갈 거리로만 여겨졌다. 10여 리쯤 간 다음, 아기에게 젖을 물리고 샘물로 목을 축인 후, 다시 나는 듯이 발걸음을 떼었다. 들과 산의 민들레 한 포기 가시나무 한 그루까지도 반기는 것 같았다. 본가(本家)에 접해 있는 서낭당을 넘어갈 때, 해질 무렵이래서인지 꼭 개꼬가 나올 것만 같아서 바삐 걸어 갔다.

친정어머니를 만나 시가살이의 고충을 하소연하면서 오랜만에 단잠을 잤다. 사흘을 머문 후, "친손자는 걸리고 외손자는 업고 가는 법이다"라고 하시며 자부(子婦)로서의 소임을 거듭 확인시켜 주신 양친 곁을 떠나 시댁으로 걸음을 옮겨야 했다. 돌아오는 길에 또 서낭당을 넘었는데, 새참 때인데도 왠지 자꾸만 개꼬가 따라올 것 같아 줄달음질쳐 왔으나, 기어코 개꼬가 쫓아와 아들에게 홍진을 묻혀 놓은 것이 아닌가? 처음에는 마른버짐과 반점이 생기더니, 자주 숨을 학학 거리며 몰아쉬는 것이었다.≫

환각이 차츰 물러가자 조씨는 "홧따매, 호랭말코 같은 우그라질 놈의 서낭!" 하고 푸념을 해댔다. 그리고는 몰골이 더욱 잿빛으로 변해 가는 복남이를 꼬옥 안더니 목 맺힌 소리로 "아가, 워디가 아픈다냐잉? 애고, 아가야 죽지 말거레이" 하면서 아이의 검은 빛 입술을 주시하고 있었다.

환영들이 사랑채 밖으로 채 사라지기 전이었다. 박 영감이 문고리를 잡아 젖히고 이어 할머니가 따라 들어왔다. 복남이 할아버지의 적삼과 손발에는 흙이 묻었고 잎마늘을 놓다가 왔는지 마늘냄새가 풍겼다.

"메눌아, 야가 으짠 일이다냐? 주인집 장 떨어지자 나그네 국 마단 다더니, 이 일이 웬일여? 워치케 혔기에 이런 당가 긍게?"

"지도 모르겠써라요. 지 생각엔 친정 갔다 오는 질(길)써 구신이 들었능가 뵈요."

"뭣이여, 개꼬가? 얘가 홍진을 할려나벼! 긍께 잘 보살피그라. 잉!"

말은 이렇게 하면서도, 손자의 몰골을 찬찬히 훑어보던 박 영감의 어투에 서린 낙망의 빛이 방 안을 무겁게 감쌌다. 성 씨 노파가 "웃대님요……" 하며 섧게 울음을 삼켰다. 복남이를 안고 있던 며느리 조 씨도 울먹이는 목소리로 아기를 흔들어댔다.

"웜메, 시상에에……. 이 자석아 눈 좀 떠 보거레이! 지발!"

아기를 보고 있기가 민망한지, 박 노인은 힘없이 고함을 쳤다.

"아, 예펜네들이 울긴 워째 운당가! 야가 뒈지기라도 혔단 말여!"

할아버지는 한 차례 더 고함을 지르고 축 처진 어깨를 보이며 안방으로 건너갔다.

아기는 뜨듯한 아랫목에 다시 눕혀져 눈도 못 뜨고 박꽃처럼 하얀 입술로 숨을 학학 몰아쉬고 있었다. 그의 모습을 외면하면서 조 씨는 탄식하며 입을 열었다.

"야가, 요렇코롬 죽을랴다 살려다 하믄서 짐싸게 앓는 거시, 썰매 꼬챙이처럼 야위어서 죽을랑가 뵈요. 흐흑, 어무니 지가 죄 많은 년인게라요. 이년이……."

"아니, 메눌아 워째 그런 흉칙한 소릴 헌다냐? 니처럼 착헌 메누리가 어딧다고 그려! 아예 고런 소릴랑 말어야. 애고, 그나저나 요걸 어찌 한당가 말여……"

건넛방에서 두 여인이 울먹거리고 있을 때, 안방의 박 노인은 긴 곰방대를 힘주어 뻑뻑 빨고 있었다. 박 영감의 주름진 안면에서 뿜어져 나와 흩어져 가는 담배연기 속에는 짙은 삶의 애환까지도 섞여 있는 것 같았다.

사랑방에서 애달파하는 소리가 점점 커져가자, 박 영감은 피우던 곰방대를 발치께에다 화태질을 쳐대며 볼멘소리로 힘없이 외쳤다.

"워째, 망구방정을 떠는겨 긍께!"

허나, 그는 많이 쭈그러진 눈자위에 가득 고인 눈물이 심장으로 잇따라 떨어지고 있는 그런 심정이었다. 할아버지는 애꿎은 아들에게 역정을 내고 있었다.

"아니, 복남이 애비는 워째 이리 안 오는겨? 긍게."

복남이 아버지는 오늘이 복남이 어미 조 씨의 귀빠진 날이라서, 박대골을 넘어서도 7리나 더 가야 하는 5일장(場)에 가려고 아침 일찍 나섰으므로 집에 없었다.

안방에 앉아서 역정을 냈던 박 노인도 애가 타기는 마찬가지였으나, 끈 떨어진 망석중 꼴이었다. 그는 한동안 빨던 단죽(短竹)을 급히 놋쇠 재떨이에 놓고 일어섰다. 노인은 갓을 바르게 쓰고 허우적거리며 나가더니 김 첨지를 모셔 왔다. 환자의 맥을 여러 번 짚어 보던 김 첨지는 설레설레 머리를 흔들고서는 아무런 말도 없이 조용히 물러갔다.

조카가 아프지만 않다면, 복남이 삼촌과 고모들은 신나게 놀 때였다. 삼촌은 냇가에서 게나 물고기를 잡거나, 그러다 싫증이 나면, 거머리는 무섭지만 논가에서 개구리를 잡아서 네 발을 찢으며 장난도 치고 개구리 뒷다리를 돌판에 올려놓고 자글자글 구워 먹을 수 있는 때였다. 고모들도 들에 나가서 달래, 냉이, 씀바귀, 참비름나물, 떡쑥 등을 캐고 창포 잎도 따오면서 이웃집 처녀들과 재잘재잘 거릴 수도 있는 때였으니까……. 하지만 아버지께서 "너그들 오날부텀 쓰잘데기 없는 소린 하덜 말어야!"라고 호통을 쳐서, 오금이 저렸으니 꼼짝없이 윗목에 앉아서 구석 신세를 면하지 못했다.

땅거미가 내릴 때, 복남이 아버지가 꾸러미를 들고 싸리문을 들어섰다. 해가 떨어지기 전에 올 수도 있었으나 예배당에 다녀오느라 늦은 것이다. 예배당이라 해야 황 전도사라는 사람의 집으로, 신도 수도 몇 안 됐으나 복남이 아버지는 매우 열심히 들랑날랑 거렸다.

"각시, 각시……."

아무리 들뜬 목소리로 불러 보아도 아무런 대답이 없었다. 불안해 하며 사랑방 문을 열던 그는 당황해서 꾸러미를 동댕이치고 신을 신은 채 방으로 빨려들어갔다. 눈이 감긴 채 계속 숨을 몰아쉬는 아들의 눈을 뒤집어 보며 볼멘소리로 외쳤다.

"하이구, 오매요! 야가 와 이런 당가요? 각씨, 복남이가 워쩌 이려?"

복남이 아버지는 곧 묵묵부답인 사태를 직감했다. 얼른 사랑채를 나와 김 첨지 댁으로 냅다 달려갔다.

"복남이 땜시 왔으면 싸게 가보게. 그건 장대로 하늘 재기인겨. 갠 내 심으론 못 혀닝께!"

숨이 턱에 차올랐으나 복남이 애비는 말을 주워 삼켰다.

"영감님요. 지발 살려만 주시라요잉. 논, 밭떼기 죄다 팔아셔래도 갚아 드린당께요. 첨지 의원님! 우쨌든지 살려만 주시라고요……."

그렇지만 김 첨지는 아무런 말없이 장죽(長竹)만 물고 있었다. 자신의 의술에 대한 변명도 환자에 대한 액땜에 대해서도 침묵할 뿐이었다. 오히려 이런 침묵이 20여 년이 넘게 함께 살아 온 동향사람으로서 그의 깊은 마음속을 구석구석 헤아려 보고도 남는 처지였다.

여태껏 하늘을 받들고 살아온 그였으나 그 하늘이 삽시간에 무너져 버린 것 같았다. 그저 아뜩한 마음을 주체할 길이 없었다. 오로지 커다란 방죽의 한가운데 홀로 서 있는 상태였다. 발을 떼려야 뗄 수 없는 지경이었다. 가라앉은 상천(上天) 속으로 산 밑에 가려져 있는 초가가, 사랑방이, 복남이가 무척이나 선명하게 떠올랐다. 그 하나하나의 굴절들이 복남이 아버지를 질식시킬 것만 같았다.

"하고메……, 하늘님요! 복냄아……."

아들의 이름을 부르며 무의식적으로 걸었다. 하늘을 향해 스런스런 도리질을 해대던 그는 송장을 메고 가는 사람인 양 후적후적거리는 몸을 가누지 못했다.

그 후로 나흘째 되는 날 밤. 그러니까 복남이가 외갓집에 다녀온 지 스무아흐렛날이었다. 복남이는 점점 더 짜부라지고 수수비처럼 말랐다. 눈곱이 눈을 덮었으며 거기다 부스럼까지 생겼다. 불행 중 다행인 것은 그래도 숨이 자유스러울 때가 있다는 것이다.

그동안 이웃에서 문병 와서 보고, 더러 좋다는 약을 가져왔다. 그러나 복남이가 받아넘기질 못했다. 또한 귀띔해준 약값을 마련하느라 토끼와 닭 — 씨암탉까지 — 그리고 돼지 새끼들은 그저께 모두 처분

했다. 하다하다 안 돼서 우물고누 첫수라고 오늘 아침에는 울며 떨어지지 않으려는 2개월 된 송아지를 간신히 끌고 가서 팔아 약을 달였으나 별 효험이 없었다.

한창 농사철에 접어든지라 콩, 동부, 목화, 고추, 채마를 가꿀 때고, 못자리도 손을 봐야 했다. 감자도 북을 돋우어 줘야 할 때였으나 그런 일들은 뒷전이었다. 그렇지만 박 생원네 사정을 아는 동네사람들이 틈이 날 때마다 농사일을 보살펴 주곤 했다.

"워치케 혔으면 좋겄소 잉?"

"쎄 빼물고 디질 놈!"

성 씨는 박 생원의 물음에 대꾸를 하지 않았다. 오히려 혼삿말 하는데 장삿말 하는 식으로 아직도 예배당에서 돌아오지 않은 아들놈을 괘씸하게 여기면서 말을 내뱉고 있었다. 안사람의 이러한 마음의 정황을 아는 박 노인은 사기등잔에 불을 붙이고 심지를 줄였다. 어찌나 줄였는지 형체나 겨우 알아볼 정도였다. 할머니는 마루에 앉아 두 엄더미에서 심란하게 날며 꽁무니에서 빛을 내는 개똥벌레(반딧불이)를 뚫어지게 쳐다보고만 있었다. 쌈지담배를 피면서 볼 틈성이를 쑤석거리던 박 생원은 언성을 높였다.

"할망구! 워치케 헐켜?"

그제서야 성 씨가 차분히 말을 받았다.

"으휴, 청명(淸明) 지난 지도 옛적인디 삼짇날 웃대님덜 지사에서 우리가 소홀이 현 거 아뉴?"

"아니, 우찌 고러코롬 실없는 소릴 헌당가? 씨잘 데 읎는 소린 하덜 말어야. 아, 이 살림에 단자(團餈) 올리고 고맨큼 채렸씀 됐지. 그

럼 님잔 소라도 잡엇써야 혔단 말여? 논 열 마지기에서 핑상시 때보
담 벼가 절반에 절반인 열두 섬 댓 말백에 안 나온 걸 보지도 못 혔단
말인감!"

"영감은 워찌 고로코롬 말을 한당 겨 긍게……."

영감이 철없는 다툼은 그만두자는 투로 "알지, 알어. 내사 모르면
님자 맴을 뉘가 알겨?" 하자 할머니도 말을 돌렸다.

"낼 새복에 목간 정히 혀고 정화수(井華水) 떠놓고 실령님께 빌고서
무굿쟁이헌테 가봐야 쓰겄제 잉? 재앙 플리치고 복명대통 혀는 데는
굿베께 뭇이 있당가."

"고럼, 핼멈 맴대로 혀."

상의가 끝나고 조금 있으니, 예배당에 갔었던 복남이 아버지가 사
립문을 슬며시 열고 들어섰다. 그는 아들의 병은 오직 기도로써만 나
을 수 있다고 굳게 믿고 황 전도사 집에 다녀오는 길이다.

"아, 복냄이가 짐싸게 아퍼 죽을라고 하는디 닌 워딜 고렇게 싸다
니능겨? 야수구신이 뱁 멕여준뎌? 우라질 놈! 애는 돌보지 않고, 잡은
꿩 놓아주고 나는 꿩 잡자고 한다더니…… 야수 개꼬를 만나러 댕
겨!"

그녀는 몹시 못마땅하게 아들을 꾸짖고 더 이상 있기가 싫어선지
사랑채 문고리를 힘차게 밀어젖혔다.

"아범아, 안방으로 건너오거래 잉!"

굵은 목소리로 엄히 명령한 박 영감은 담뱃재를 토방에 털고 안채
로 들어갔다. 멀뚱하게 서 있던 복남이 아버지는 바삐 성경책을 헛간
낟가리 속에 감추고 사랑방 문을 열었다. 희미한 등잔 아래 아들의
병세는 그저 그런 것 같았고 방 안에는 파리들이 요란하게 날고 있었

다. 아내는 자식의 얼굴에 앉는 쉬파리를 쫓고 있었다. 모친은 연신 손을 비벼가며 입속으로 뭐라고 중얼거리고 있었다.

문을 닫고 안방으로 건너간 그는 웃목에 무릎을 꿇고 단정히 앉았다. 박 생원은 점잖게 애아빠인 장남을 나무랐다.

"기보(基寶)야. 내 생각이 틀린 건진 모르 것지만 혀도 말여, 니가 그 야수콘가 하는 것 땜시 첫손자가 저렇게코롬 앓아 눠 있잖여! 고러니 이젠 오날부텀 고만 댕기는 거시 좋겠다. 알겠제 잉?"

허나, 복남이 아버지는 예전처럼 순응하지 않고 호박잎에 청개구리 뛰어오르듯 감히 말대답을 했다.

"아부님! 복냄이 병은 지가 야수콜 믿어서가 아니고, 김 첨지네가 고러는디 홍역증세에 다른 모를 병까정 겹쳐서 저렇다고 한다요. 고러고, 저 병은 의술로는 못 고치지만 하늘님께 빌고 빌기만 하믄 고쳐주신다고 황 전도사께서 말했지라요."

전혀 예상치 못한 말대꾸를 들은 박 생원은

"아니, 그럼 닌 이 애비 명을 어길 참여? 삼년무개어부지도가위효(三年無改於父之道可謂孝)를 지켜온 우리덜여. 우리 선영덜은 그 야수교 안 믿고도 잘 살아 오셨구만! 아예 딴소린 하덜 말고 다신 나가지 말거래 잉!"

몰골은 많이 일그러졌지만 아직도 갓 쓰고 다니는 양반 체통에서 나오는 위풍은 당당했다. 박 생원의 불호령에 대해 자신의 의지를 한 번 더 나타내려다가 장남은 가만히 일어서서 방을 나왔다.

복남이네 근심이 갉아먹어선지 달도 뜨지 않은 찌뿌둥한 날씨였다. 풀벌레의 우는 소리를 벗 삼아 복남이 아버지는 삽짝 앞산으로 올라갔다. 산에는 승냥이, 사향노루, 찌르레기, 두견새, 뻐꾸기, 수리부엉

이, 살쾡이 등등이 눈을 부비고 있었다. 그러나 호랑이가 울부짖는 소리는 들리지 않았다. 한참을 올라가던 그는 선조들의 무덤으로 가려다가 인적이 뜸한 곳까지 올라가 무릎을 접고 두려운 기색도 없이 중얼거리기 시작했다.

"하내님요! 이 일을 워찌 한당가요? 우리 아부지 되시는 이시여. 이 죄 많은 자석의 아덜 놈이 아퍼 죽게 됐어라요. 어른덜은 지가 야수개꼬가 들어서라고 하는디, 전지전능혀신, 천질 창조혀시고 아울러 인간의 생사화복을 주관혀고 계신 인류의 아버지시여! 시방도 역사 허시는 주님의 피 묻은 손으로 복냄일 어루만지셔서 싸게 살려주시요! 아부지시오……."

간절히 애원하는 목소리가 뭇 짐승들의 울음과 어우러져 더운 처량하게 산속의 허공 속으로 스며들었다. 기도를 끝낸 그는 찬송을 하면서 병이 완쾌할 것이라는 확신을 얻으려 했으나, 단지 터벅터벅 걸어 내려오는 걸음걸이를 주시하고 있을 뿐이었다.

며느리도 빌겠다고 하는 것을 "넌 냅두고, 아갈 보살피그라" 하고 만류한 성 씨는 칠흑의 밤이 오길 기다려 목욕재계를 했다. 그녀는 첫닭이 홰를 치며 울기 전에 정화수를 집 뜰의 고목 아래에 모셔 놓고 빌었다.

"우리 실령님, 웃대님들요오. 첫손자 놈이 디질라고 하지라요. 요렇게 정화수 떠놓고 빌고 빕니다. 지 액(厄)을 복냄이에겔랑 주시지 마시이고 지발 살려주이소……. 씰게 빠진 아덜 놈이 야수개꼬가 들어고렸쌈니더. 실령님의 그 영묘혀신 심으로 야수구신을 물리쳐주시고 박씨 가문일랑 복명대통혀게 하시씨요오. 비나이다, 빌라이다 우리 실령님께 이렇게 간질히 빌지라요……."

성 씨는 두 손을 모우고 고목 앞에서 쉴 새 없이 절을 했다. 노파는 희미하게 비취든 계명성이 물러가고서야 빌기를 그쳤다.

그날 아침. 아랫마을에서 풋고추 절이 김치처럼 지내는 분희 할머니의 쉰 목소리가 다시 들렸다.

"좀, 워쪄?"

"그냥 그렇고만요. 영 못 살릴가뷰! 이를 워치큼 하믄 좋단 가요, 잉?"

"아, 고럼, 안천 점쟁이헌티 가 보시소. 건넌 마을 철호네도 고렇게 혀서 낫지 않았는 게벼!"

이 말을 들은 성씨는 밥상도 안 받고 초가를 나섰다. 7, 8리나 되는 꾸불꾸불한 길이었다. 시골길을 닳음박질하면서 기느라고 그녀의 이마에서는 진땀이 났다. 땀이 무명옷으로 줄줄 흐르며 입에서는 쓴 내가 확확 났다. 길 주변에 널려진 거름을 밟아 넘어질 뻔도 했지만 쑤시고 아픈 다리를 이끌고 쉬지 않고 달렸다.

안천 점쟁이는 가쁜 숨을 진정시키느라 애쓰면서 얘기하는 성 씨의 사연을 소상히 들었다. 잠자코 저럽댕이 모양의 수(占卦)판을 놓다가 머리를 갸우뚱하면서 물었다.

"느그 집에서 조상님덜게 소홀히 헌 적 읎능감?"

"워치케 고런 베락 맞을 소릴 한당가요? 긍께……. 고리힌 일은 추호도 없당게요, 잉."

"벨스럽네 거, 그러닝께……. 필시 개꼬가 씌었쌍께 묻는 거시 아닌 게벼! 웃대님덜 구신이 아니믄 워쩐 구신이랑가……?"

점쟁이의 말꼬리가 흐려지자 할머니의 볼 위로 짭짤한 소금기가 주르르 흘렀다.

"아, 워째 방정을 떤당가? 아적 황천 간 것도 아닌디 말여! 웃대님 구신이 아니믄 필시 나슬 병인기라. 고러니, 야중에 홍두깨로 소를 몰지 말고 몸조례나 잘 혀주믄 되는 병인겨. 뱅(방)이나 뜨뜻혀게 혀줘. 알았쟈?"

성 씨는 복채로 쌀 닷 되 값을 지불하며 고맙다는 인사를 했다. 집으로 오는 길에 그녀는 안천 점쟁이가 아무 것도 아니라고 하여 안심이 됐다. 그러면서도, '개꼬' 얘기가 나왔을 때 그녀 앞에서 야수귀신을 말하는 게 무굿쟁이를 무시하는 거 같아 하지 않았으나, 자식 놈의 이야기를 안 한 것이 못내 꺼림칙했다.

사랑방에 누워 침 먹는 지네처럼 깔딱, 깔딱하던 복남이가 아버지의 간곡한 기도와 무주 장에서 약을 댓 첩 저 먹은 탓인지, 아니면 안천 점쟁이 말대로인지 조금씩 숨결이 고와지고 있었다. 불덩이 같던 몸이 차츰 내려가는 증세를 보였다. 이 광경을 목격한 성 씨는 비로소 기쁜 마음으로 점쟁이의 말을 전했다.

저녁 때. 안채에 박 생원의 친지들이 와 있었다. 복남이 작은할아버지 두 분, 외할아버지, 이모께서 온 것이다. 고모들은 상을 차리느라 부엌으로 들어갔다. 복남이 외할아버지는 계면쩍어하는 눈치로 박 노인을 위로하고 있다.

"사둔 영감, 이번 일은 지 딸년이 복이 없어서 고럽지라. 이런 거시다 액땜이거니 허고 넘어 갑시다요. 이젠 얼축 나섯씀께 곧 낫게 되겠지라요. 무척 심려허진 말지라요."

허기사, 박 생원도 한 고을에서 손자를 보자마자 뒷산에 가서 울고 불고하면서 묻어야 되는 경황(驚惶)을 한두 번 본 것이 아니었다. 그래도, 막상 이런 경우를 당하고 보니 그물에 든 고기요, 쏘아 놓은 범처럼 할 말을 잊은 채 잠자코 듣고만 있었다. 그러면서 모든 잡것에 대한 상념을 떨쳐 버리려고 애썼다.

(김 첨지의 말로는 이내 죽을 것 같던 놈이 오늘 새참부터는 쪼매씩 나아지고 있잖은가? 좀 전엔 할멈이 '점쟁이가 고려는디 잡것이 들긴 했으나 웃대님덜이 넘보진 않았스닝께 걱정혀지 말라요'라고 하지 않았던가?)

봄나물들이 오른 저녁상을 받고서야 박 생원은 친척들의 안부를 물었다. 농사소식을 여쭈며 '복냄인 이전 얼충 다 니섯지라' 하는 확신을 의심하지 않으려고 힘썼다. 등잔 불꽃이 나풀나풀 춤을 추며 더욱 짙어가는 밤의 분위기를 한층 돋워주었다.

다음 날. 복남이 숨결이 정상으로 회복되었고 혈색도 조금씩 붉은 빛을 띠어가고 있었다. 병의 차도가 두드러지자 삼촌과 고모는 오늘부터는 고기도 잡고 엉머구리(개구리)를 구워 먹을 수 있다는 희망에 부풀었다. 그들은 이른 아침에 동구 밖으로 나갔다. 오후에는 깜부기를 먹었는지 새까만 입술을 하고 칡뿌리를 한 발대 가득 지고 돌아왔다. 김매고 소꼴 베며 나무해서 때는 것은 매한가지였다. 이울러 복남이 아버지는 집회가 없는 날이었으나 두엄을 긁어 바소쿠리에 담아 내고서, 들일을 하기 전에 먼저 예배당으로 갔다. 토담집에는 복남이와 어미 조 씨만 남아 있었다.

푸릇푸릇함이 짙어가는 들녘에서 박 영감과 할머니와 장남인 아들이 손을 부지런히 놀리고 있었다. 그들은 이른 철이었으나 감자와 가을에 심은 마늘을 캤고 고구마는 접붙여 놓았다. 보리 베기는 아직 일러서 허드렛일만 손보았다. 복남이 큰고모가 논둑길을 따라 점심을 광주리에 이고 왔다. 모두가 몹시 궁금하여 동시에 복남이의 상태를 물어보았다.

"아간 좀 워쩌?"

"새참 때 허고 같구만요……."

그들은 서로 안도의 한숨을 내쉬었다. 속으로 조금은 위안이 되었다. 할 일이 많이 남았는데 벌써 저녁노을이 벌겋게 물들고 있었다. 그들은 무와 배추는 제대로 손도 못 본 채, 논밭 일을 서둘러 마치고 보금자리로 돌아왔다.

손자 보살피랴 들에 나가 일하랴 심신이 모두 노곤한 성 씨였다. 그럼에도 저녁에는 동구 밖 장승에게 가서 빌고 밤에는 정화수 떠놓고 비는 것을 귀찮아하는 안색이 없었다. 고목 아래서 빌다가 별들이 눈을 끄먹거리면서 스러질 때서야 비로소 눈을 붙였다.

새끼를 잃은 어미 소가 눈을 떴다. 식구들이 삼베옷 찢은 조각을 손에 말아 소금을 묻혀 이를 닦으려던 참이었다. 복남이의 병이 다시 악화되기 시작했다. 고르던 숨결이 또다시 깔딱깔딱해졌고 반점들이 커지면서 몸을 계속 뒤척였다. 더군다나 이번에는 숨넘어가는 목소리로 괴성까지 질러댔다. 처음에는 괜찮아지겠지 했다. 그러나 복남이는 방 안을 한동안 뒹굴다가 순식간에 뻣뻣이 드러누워 한참을 미동조차 없었다. 기겁을 한 조 씨는 아기를 포대기로 둘러 안고 어르고 있을 뿐이었다. 측은한 눈길로 바라보던 성 씨는 윗목 벽을 향해 돌아앉았다.

"애고, 울 실령님…… 울 웃대님요. 후딱 이 애기에게 무든 개꼬를 쫓아 주시이소. 복냄이가 죽을랴다 살랴다 헙니다요. 모든 거시 지 불찰이니…… 손자 놈만 살려주시믄 잘 모시지라요. 요롷코롬 빌고 또 빌지라요. 웃대님덜요. 우리 복냄일……."

열심히 빌던 할머니는 아무래도 안 되겠다는 듯이 "메눌아, 내 마실 좀 갔다가 와야 것써야!" 하고는 사랑채를 나왔다. 손자가 앓아누운 지 이레째 되는데도 별다른 차도가 없었다. 안방으로 건너온 성씨는 속으로 '암치케 생각혀도 복냄이가 개꼬가 들릴 까닭이 읎지라'고 굳게 믿었다.

≪요전 정월 대보름날. 부스럼 나지 말라고 밤, 추자, 땅공, 은행, 잣 등을 깨물어 부스럼 깨길 하지 않았던가? 또 이명주(耳明酒)도 해 드렸고, 조식 때엔 오곡밥에다 아홉 가지 나물을 무쳐서 먹기도 했었다. 점심때에는 윗마을 상대곡(上大谷) 사람들과의 줄다리기 시합에서도 이기지 않았던가? … 황혼이 물들었을 때에는 큰 연을 만들어 송액영복(送厄迎福)이라 써서 날리다가 연줄을 끊지 않았던가? 이윽고 밤이 되자 어린 것들이 신나게 쥐불놀이를 할 때, 가솔과 손자 놈, 친지들의 장수 무강을 비는 달맞이를 지성으로 하지 않았던가!≫

그녀는 '그날 고토록 원(願望)허고 원혔는디…… 손자 놈이 개꼬가 들리다니……' 하며 이번 우환이 단지 정성이 부족한 탓이라고 돌릴 수 없다고 단정했다.

"개 보름 쇠듯 한 명절은 없응께…… 요건 밴드시 고놈의 백여시,

신인가 야수구신인가 혀는, 도둑팽이같이 앵경 낀 서역개꼬가 붙은
겨. 암! 그렇께 워치케 혀서래도 아덜 놈을 야수개꼬가 산다는 야배
당엘 못 가게 혀야 혀! 아무렴, 고렇코 말고……."

하지만 일단은 복남이의 병환이 시급했다. 할머니는 벽에 걸린 족
자를 뗀 후, 자개 장농 빼다지(서랍)를 열었다. 그리고 그녀가 시집올
때 가져왔던, 패물 몇 점을 진상 가는 꿀병 동이듯 챙겼다. 패물을 얼
추 챙긴 성 씨는 우물로 나갔다. 함지박으로 물을 떠 마시고 정지(부
엌)로 들어간 성 씨는 안정을 찾으려고 가슴께를 어루만졌다. 그녀는
복남이 애비가 해온 나무로 부뚜막 아궁이에 불을 지폈다. 물이 끓자
무쇠 솥단지에 짚과 콩, 풀을 넣고 쇠죽을 끓이기 시작했다. 아궁이에
부지깽이로 거듭 땔나무를 밀어 넣던 노파는 복남이 아버지 생각이
들었는지 계속 중얼거렸다.

"복냄이 야가 개꼬가 들린 거슨……. 틀림없이 야수귀신이 씌어서
잉께, 고놈의 야수구신 책을 찾아 싸게 불질러뿐져야 하지라!"

그리고 조용히 몸을 일으켜 세웠다. 부엌을 나온 노파는 초가 구석
구석을 뒤지기 시작했다. 집 안을 둘러본 후, 광에 가 보았다. 거기에
는 낯익은 물건들 — 도리깨, 고무래, 잠방이, 키, 삼태기, 숫돌, 써레,
물레, 작두, 갈퀴, 잡곡 담은 항아리 등등 — 뿐이었다. 광에서 나온
그녀는 서까래도 더듬어 보고, 마루 밑도 훑어보았으나 책은 보이지
않았다.

"호랭이가 콱 물어가 뒈질 놈! 아니, 워디다 감췄담?"

이때, 그녀는 얼마 전에 아들이 야수구신 책을 안고 들어오는 것을
보았던 기억을 떠올렸다, '장독대나 대나무 숲까진 안 갔을 끼고…….
고 책은 광 옆 헛간백에 읐지라'고 감지하였다. 곧 헛간으로 가서 한

동안 헛간을 헤집었다. 할머니는 마침내 낟가리 밑동에서 성경책을 찾아냈다. 곧 나오려다 말고 호기심의 눈동자와 떨리는 손으로 두툼한 책을 살며시 펼쳐 보았다. 성 씨의 동공에 곧바로 맺힌 것은 구약의 <이사야 십이장>의 앞 구절이었다. 그곳은 아주 붉게 밑으로 줄이 그어져 있었다.

> <그날에 네가 말하기를 여호와여 쥬끠셔 전에는 내
> 게 노하셧사오나 이제는 그 노가 쉬엿고 또 나를 안
> 위하시오니 내가 쥬끠 감샤하겟나이다. 쥬 여호와는
> 나의 힘이시며 나의 노래시며 나의 구원이심이라.>

"오-매, 벨 볼쪽시린 소리도 다 있당게, 거!"
그러면서도 행여 아들이 볼세라, 성 씨는 속히 책을 덮었다. 그녀는 책을 가슴에 숨기고 가쁜 숨으로 부엌 문턱을 넘었다.
'탁', '타- 다악' 생나무 타는 냄새와 함께 빨간 불꽃이 조그만 아궁이에서 이글거리고 있었다. 성 씨는 지체 없이 성경책을 부지깽이에 끼워 아궁이 깊숙이 밀어넣었다. 책이 타는 것을 지켜보면서 답답했던 마음이 조금씩 안정되었다.
"휴우……."
비세 넉는 말처럼 까칠한 얼굴에 오한기마저 느낀 그녀는 이상야릇한 안도의 숨을 내쉬었다. 제일 미워했던 책이 한 장, 한 장씩 타들어 갈 때마다 그녀의 얼굴빛은 희열로 충만했다. 불을 응시하던 성 씨는 장남에 대해 계속 힐책하였다.
"반핑이 같은 놈! 아, 워쩌쟈고 실령님은 안 뫼시고 서역구신을 뫼

신당가? 염소가 설사하기를 바래도 유분수지……. 호랭말코 같은 녀석이랑께!"

성경책이 다 타기를 기다렸던 성씨는 "인자, 막 야수책을 태웠스닝께, 복냄인 반다시 나슬거여!"라고 혼잣말을 했다. 이젠, 파방에 수수엿 장수라고 생각한 그녀는 쪼그렸던 몸을 바로 폈다.

이른 저녁, 피곤한 해가 산등성너머로 막 떨어지려 할 무렵, 마을에 땅거미가 짙게 깔리자, 헌옷 차림으로 삽과 괭이를 들고 오는 사람들이 보였다. 복남이 작은 할아버지와 외할아버지였다. 그들은 아무래도, 차마 토방까지는 가지고 오지 못하겠는지 삽과 괭이를 사립문 뒤꼍에다 비스듬히 놓았다. 그리곤 침울한 표정으로 작은 기침소리를 내며 안채로 향했다. 조금 뒤, 패물을 가지고 나갔었던 성 씨가 빠른 걸음으로 걸어와 문을 열려 했다, 그러다가 싸리 울타리 밑에 비스듬히 놓인 물건을 발견하는 순간 그만 털썩 주저앉고 말았다. 잠시 의식을 잃었던 할머니는 육감으로 모든 사태를 거울 보듯 훤히 알 수 있었다.

≪족자와 패물을 갖고 마실에 갔을 때 사람들이 다녀갔을 것이다. 그중에 복남이 작은할아버지(시동생)와 외할아버지(사둔 어른)도 끼었을 것이다. 그들은 마당을 얼쩡얼쩡거리다가 사랑채에 들어가 복남이 몰골을 들여다보았을 것이다. 복남이가 다 죽어가고 있으니까 '인잔, 틀렸는게벼 잉!' 하고는, 시오리 되는 집으로 되돌아가서 옷을 갈아입고 복남이를 땅에 묻을 연장을 들고 온 것이 뻔하다.≫

이것은, 50여 년이 넘게 황토 길에 뼈를 묻고 숨 쉬던 세월과 더불어, 봄이면 산에 들에 진달래, 개나리가 흐드러지게 피는 것처럼 훤한 것이었다. 성 씨는 도저히 들어갈 엄두가 나지 않았다. 그 길로 냅다 동구 밖에 서 있는 장승에게 가서 절을 하며 빌더니, 서낭당으로 물 밀듯이 달렸다.

모든 염원과 함께 돌이 수북하게 쌓인 서낭당 앞에 섰다. 노파의 손은 쉴 새 없이 비벼졌고 상반신도 수없이 굽어졌다. 처음에는 작았던 구슬픈 목소리가 차츰 커져 가면서 써늘한 저녁 공기를 흩어 놓았다. 하대곡(下大谷)에서 성황당으로 빌러 나왔던 한 할머니가 "족제비도 낯짝이 있고 미꾸라지도 백통이 있고 빈대도 콧등이 있다고 혔는디……" 하고 중얼거리면서도, 성 씨에 대한 원망의 빛은 없었나. 반쪽이 잘려나간 달이 희뿌연 한 중천에서 비출 때, 그녀는 손자에 대한 불안으로 서낭당을 내려왔다.

사랑채에서는 예전처럼 복남이 어미가 깔딱깔딱하며 빈사상태인 첫아들의 대소변을 받아내고 있었다. 별로 나오는 것도 없었다. 조 씨도 힘에 부쳤으므로 볼수록 야위어갔다. 큰고모가 뒤에서 시중을 들고 있었다. 성 씨가 사랑채로 들어왔다. 소리 죽이며 울고 있던 큰고모가 눈물을 닦으며 맥없이 나갔다. 할머니도 방 안의 안울함에 눌린 듯했다. 그저 아무런 말도 못하고 여러 가지 감정이 뒤섞인 눈물을 삼키고 있을 뿐이었다.

한동안 까무러쳤다 깨어나 지꺼분한 눈으로 한참을 부대끼면서도 "어무니! 아부지!" 소리 한 번 제대로 못하던 복남이가 다시 까무러쳤다.

"해이고, 이전 아조 죽었능게벼!"

그러나 얼마간의 정적이 흐른 뒤에는 또 숨을 몰아쉬며 보채곤 했다. 이런 복남이를 조 씨와 성 씨는 울먹이면서 애련의 눈길로 내려다보고 있었다. 그래도 눈곱이 가득 끼고 부스럼투성이의 얼굴이지만 복남이가 깔딱깔딱하는 숨이라도 쉬면서 게슴츠레한 눈을 뜨면, 어머니 조 씨는 너무도 반가와 얼른 보듬어 안았다. 그러나 그러한 기쁨도 잠시였다. 아이가 다시 까무러치면 전과 같이 눕혀 놓고 안타까워했다.

"허이고, 이 자석아……. 이래가꼬 워쩔려……. 워쩌 이려……."

그러면서 복남이 어머니는 안절부절 어쩔 줄 몰라 했다. 옆에 앉은 성 씨는 아침부터 무엇 하나 입에 넣어 본 것이 없어 속이 쓰렸으나 그 어느 것도 목구멍으로 넘어갈 것 같지 않았다.

밤은 더욱 깊어만 갔다. 가끔 뒷산에서 승냥이 따위의 동물들이 우짖는 소리가 들렸다. 외양간에서는 송아지를 잃은 어미 소가 구슬피 울고 있었다. 좀처럼 보이지 않던 호랑이가 간간이 포효했다.

조그만 사기 등잔불이 세 명의 형체를 두루 비춰 주려고 널름대고 있는 안방에서는, 복남이 작은할아버지와 외할아버지가 박 노인을 위로하려는 말을 건네고 있다.

"호랭이가 우르면 좋다고 혔는디…… 어휴, 팔자는 독에 들어가서도 못 고친다더니…… 영 못 살릴 팔자인게뷰. 그저 모든 거시 실령님의 뜨시거니 허고, 이저뿐집시더…… 요 매칠 전 인철네 손자 묻는 디도 가 보시지 않았는감! 복냄인 오날을 못 넘길 것 가튼 게 오전쯤 묻지라요? 하이고, 불쌍현 것!"

박 노인은 일언반구도 없이 침통한 빛으로 애꿎은 곰방대만 빨고 있었다. 그의 볼이 움푹움푹 패이곤 했다. 쭈글쭈글한 관자놀이 옆으

로 물이 흘러내렸다. 밤이 많이 수그러질 무렵. 평소 친자매처럼 지내
던 종순네 할머니가 또 들렸다.

"아니, 아젝도 무지기로 앓는 게벼?"

"암래도 안 되겄써라요. 단 솥에 물붓기랑께요."

"아고마, 요거시 무신 팔자들이랑가, 긍께 말여!"

"셔낭당 돌탱이가 모다 날아와 질 때린다 혀도 요로코롬 몸뚱이 전
체가 아프진 않을 거구만요 잉!"

"아, 그란디 박대골 무굿쟁이현티도 갔다 온겨?"

"안천 점쟁이 현티만 갔써라우. 긴디 요렇게 벨반 소용이 읎지 않
습니꺼요!"

"치장 차리다가 신주 개 물려 보내지 말고, 이왕 주근 묵심으로 지
고 한 번 더 갔다 오라야?"

"고렇코롬, 허께요……."

보슬비가 내리기 시작하는 꼭두새벽이었다. 천지가 컴컴하여 아무
것도 보이지 않을 것 같았다. 닭이 처음으로 꼬-끼오 소리를 내자마
자 할머니 성 씨는 잠방이도 걸치지 않고 자리를 떴다. 앞에는 먹물
같은 어둠이 깔렸으나, 그녀의 족두리가 벗겨진 지 마흔 해가 넘었음
으로 길에는 훤했다.

하지만 아무리 훤히 아는 산길이라고 해도 두렵기는 마찬가지다.
나뭇가지에 옷고름이 걸리고 앞에서는 꼭 무엇이 나올 것만 같아 온
몸에 소름이 끼쳤다. 게다가 빗줄기도 굵어지고 있다. 무엇보다도 손
자에 대한 근심 때문에 한층 두려움이 밀려왔다.

"그간에 복냄이가 북망산천을 넘으면 워쩍헌담…… 망건 쓰자 파

장하면 안 되는디……"

그녀는 길이 험하고 어두워 담박질도 마음 놓고 할 수가 없었다. 그럼에도 우뢰(천둥)가 없는 것은 신령님의 보살핌이라고 생각하고 안간힘을 쓰면서 걸었다. 한참을 가다가 오얏골이라는 곳을 지나가는데, 별안간 상수리나무 그늘에서 자던 노루가 후다닥 뛰어나왔다. 그 노루가 할머니가 가려는 아랫길로 달아나는 것이 아닌가! 멧돼지인지도 모른다는 예감이 스쳤다. 노파는 생 땀을 뻘뻘 흘리면서 움직거릴 엄두도 못 내고 그냥 서 있었다. 그러다가 마침내 정신을 잃고 말았다. 노루가 뛰는 바람에 딴 새들과 동물들의 움찔대는 소리가 정적을 뚫고 커다랗게 공명되어 울렸다.

성 씨는 얼마 후 의식을 되찾았으나 오얏골은 다시금 적막한 고요 속에 묻혔다.

"허이구, 죽는 게 대샤냐! 잡아먹진 안 혀겠지……. 지레 짐작은 매꾸러깅께."

성 씨는 탄식을 하면서도 마음을 모질게 먹고 가려 했으나, 비에 젖고 놀란 가슴을 주체할 길이 없었다. 조금만 달려도 숨이 턱에까지 차올라 숨쉬기가 곤란했지만 성 씨는 부지런히 갔다. 한 장덩(언덕)을 넘어가니까 사물의 윤곽이 차차 드러나 보였고 도로가 나왔다. 고리터 골짜기라고 하는 곳이다. 겨우 만나는 큰길이라 오밤중에 동행할 벗을 만난 것 같은 안도감을 느꼈다. 그러나 그러한 안심을 채 맛보기도 전에 숲에서 노닐던 사향노루가 연이어 그녀가 가는 길목을 가로질러 달아났다. 화다닥 하는 소리에 가슴이 철렁한 노파가 옴짝달싹 못하고 있으니 사향노루가 몸을 스치며 달음박질쳤다. 계속해서 노루의 방해를 받은 할머니는 자신의 불행을 한탄하였다.

"홧따매, 요렇게 노루가 질을 마그니, 영 못 살릴 자석인게벼……."

노파는 그러다가도 '이 자석의 명이 끊기믄 워쩍헌담' 하면서 3, 4리 남은 길거리를 재촉하였다. 빗방울이 전신을 때리고 땀과 눈물로 얼룩진 육신이었지만 울멍질멍하면서 걸었다. 다행히 계속 내리던 가랑비가 박대골에 닿을 때쯤 그쳤다.

드디어 무당집에 도착한 성 씨는 다리가 끊어지는 것 같았다. 몸은 땀으로 후줄근하고 무릎이 저려왔으나 여기까지 왔다는 것으로 위안을 삼았다. 박대골 무당은 방금 잠이 깨서 아기를 업고 세숫대야에 물을 붓고 있는 중이었다. 그녀가 급히 삽짝을 들어서는 성 씨를 보고서 바싹 다그쳐 물었다.

"아, 워째 이렇게 오능겨?"

"하이구메, 할매요……."

"와 이리 급햐? 시방, 우물에 가 숭늉 찾는겨?"

무당이 소리를 낮추자 성 씨는 조금 진정을 되찾은 듯했다. 마음이 급한 성 씨가 무녀의 팔목을 잡았다.

"긍께 말이오, 할매. 세순 냥중에 혀고 싸게 들어가 수판 좀, 나 보드랑께요."

성 씨는 무녀를 붙잡고 그녀의 방문을 열어젖혔다. 울긋불긋한 방에는 여러 신(神)들이 모셔져 있었다. 아기를 눕힌 무녀는 정좌를 하고 앉았다. 잠시 후 성냥개비처럼 길쭉한 막대를 한줌 거머쥐었다. 그녀는 복남이의 신상을 들으면서, 막대를 점괘 판에 장작처럼 차곡차곡 쌓았다. 그러더니 그것을 차근차근 집어 필갑 같은 통(卦桶)에 넣고 흔들다가,

"웃대님덜은 니 복냄일 냄겨다 보게 않혔다. 손자를 냄겨 본 거슨

서역구신여……. 서쪽서 잡것이 따라 들었단 말여! 애비가 서역개꼬를 믿고 있을게 요번 재앙은 쪽박 쓰고 비 피하는 벱인기라, 내 맬이 무 신 곡절인지 알 것제, 잉?"

"하고마, 알고 말고야. 고롬 썩을 놈의 고 개꼬가 복남일 놔주면 틸 림읎시 살지라우?"

"그려! 고러닝께 서역 잡것을 내쫓아야 현단 말이어."

"고러믄, 워치케 혀야 한당가요?"

무당은 시큰둥한 눈치로 살래살래 도리질을 했다. 성 씨는 어제 낮 에 다 처분하지 않았던 패물 중에서 은반지를 속곳 주머니에서 꺼냈 다. 그것을 무당의 발꿈치께로 밀었다. 그러자 그녀는 조그만 막대를 거머쥐고 찬찬히 쌓았다가 흔들다 하면서 주술을 외웠다. 이윽고, 차 분히 입을 열었다.

"날받이 세껑굿(죽을병에 든 사람을 눕혀놓고 하는 씻김굿)을 혀야 것써. 상 차리고 칠곡 잡곡밥을 혀 올리그라. 알 것제!"

"극정 말라요. 틀림읎이 고렇게 하지라요. 고럼, 싸게 오시씨요, 잉! 몬저 강께요."

"알긋다. 후딱 가보아야."

성 씨는 시오 리가 넘는 길을 피곤함과 쑤시는 것을 무릅쓰고 세차 게 달렸다. 이제는 햇빛도 제법 비치고 놀랄 염려도 없었다. 무엇보다 도 가슴 뿌듯한 것은, 박대골 무당은 필시 복남이에게 씌인 귀신을 물리칠 수 있다는 안도감 같은 느낌이었다.

한편, 헌옷 차림의 박 영감은 복남이의 오물을 닦아내는 며느리와 실랑이를 하고 있었다. 옆에서 무릎을 꿇은 복남이 아버지는 속으로 기도를 하고 있었다. 그러다가 더 이상 앉아 있을 수 없다는 듯 복남이 아버지는 몸을 일으켜 세웠다. 그는 애끓는 심정을 안고 다시 예배당을 찾아갔다.

사랑채에선 다시 복남이 어머니와 할아버지의 실랑이가 이어졌다.

"옴마! 아부님요, 아가는 시방 살어납니다요. 지발, 해질녘까지만 이래도 쪼매만 더 지달려 주시이소……."

"메눌아가, 내 니 샤정 모르는 건 아이지만 말여, 적삼 벗고 은가락지 끼지 말거래이. 괜시리 까무라쳐 죽은 아갈 갖고 고려면 맴만 몹시 씨린 벱이여! 그랑께 후딱 복냄일 이리 주거래 잉?"

박 영감은 측은한 눈길로 며느리를 구슬렸다. 그러나 조 씨는 도저히 자신의 핏줄을 선뜻 내줄 수 없었다.

"복냄인 영락없이 살아난당께요. 글페도 안 그랬습니껴!"

이렇게 상황이 급박하게 전개되고 있을 때, 성 씨 할머니가 돌아왔다. 그녀는 박대골 무굿쟁이가 올 거라며 얼른 굿상을 차리자고 권했다. 가솔들과 친지들은 권에 못 이겨 멍건 쓴다고, 체념과 희망이 뒤범벅된 눈빛으로 이곳저곳 분주히 움직였다. 이윽고, 어린 아이 굿에 간 어미 기다리듯 학수고대하던 무당이 왔다. 마른 솔가지 연기가 자욱히 깔려가는 해거름 때였다.

북쪽과 서쪽에 병풍이 기역자로 이어 쳐졌다. 그리고 굿상 ― 돼지머리, 북어, 막걸리, 시루떡, 나물, 물, 성주대(竹)가 찔린 잡곡밥, 촛불 등등이 놓여진 ― 이 차려졌다. 아울러 변소, 사립문, 장독대, 광, 방 앞에는 잡신들을 위한 밥과 나물들이 한지 위에 가지런히 놓여 있었다. 굿 구경을 위해 고을 사람들이 두런거리며 모여들었다.

굿판이 작아서 그런지 박수(남자무당)는 한 명이었다. 무녀는 진도
가 고향이었다. 굿판을 휘둘러보고 가볍게 중얼거렸다.

"황새 조알 까먹은 것같이 채렸그먼……."

그녀는 곧 토종닭을 잡았다. 무당에게 잡힌 닭이 버둥거리며 큰 소
리를 질러댔다. 이런 몸부림에 아랑곳하지 않고 무녀는 닭의 날개를
잡고 준비했던 칼을 빼내 암탉의 모가지에 대고 푸욱 찔렀다. 잠시
후 닭의 목에서 칼이 빠져나갔다. 이어 무녀는 찔린 목에서 선혈을
흘리며 발버둥치는 닭을 삽짝께로 던지며 힘차게 두 번 외쳐댔다.

"헛쇠, 개꼬는 물러 가그라아!"

그리고는 사랑채로 발걸음을 옮겼다. 두엄 옆에 버려진 닭은 온몸
으로 피가 물들어 갔으며 버둥버둥거리던 몸부림이 수그러져 갔다.
두엄더미에서는 오줌, 똥의 악취와 소 마구간 처낸 지푸라기와 풀이
썩는 냄새, 그리고 푸성귀 떡잎 뜨는 냄새가 풍겼다.

방에 들어온 박대골 무당은 고깔을 접어 쓰고 채색 옷차림을 갖춰
입었다. 그리고 시뻘건 칼을 내려놓고 방울과 정중 등을 꺼내 놓았다.
굿상을 향해 큰절을 올린 그녀는 닭 피가 흠씬 묻어 있는 칼을 다시
집어 들었다. 그리고는 까무러친 건지, 아주 죽었는지 뻣뻣하게 누워
있는 복남이에게 다가갔다. 무녀는 시선을 붙잡기라도 하려는 듯 피
묻은 칼로 복남이의 얼굴 둘레를 빙빙 돌렸다. 예닐곱 번 원을 그리
다가, 칼을 사랑채 문으로 가져가더니 뜰을 향해 힘껏 내리치면서 외
쳤다.

"신기혀고 영묘하신 성주님! 비나이다, 비나이다. 성주님께 비나이
다. 대감 씨를 이어받은, 복냄이가 개꼬가 드렀씀네다아. 빌고 비오니
이 박씨 가문 복명대통 혀게 하시옵소서. 그리고 서쪽서 붙은 이놈의

개꼬를 복냄이현테서 떠 내버려 주시이다아. 허, 헛쇠! 개꼬야 싸게 물러가그라! 서역 잡것은 수만 리 영구 만 리 멀리멀리 가그라. 썩— 물러가라!"

무녀가 아기에게 다가가서 처음부터 똑같은 말과 행동을 반복하자, 박 생원은 상에 놓였던 잔의 술을 퇴주하고 새 잔을 올렸다. 무녀는 어느덧 닭 피가 말라붙은 칼을 굿상 돼지머리 근처에 반듯하게 올려 놓았다. 그리고 방울과 정중을 쥐고 흔들어대기 시작했다. 비로소 제석굿으로 들어가는 듯 박수의 진양조 가락에 맞춰 구슬프게 입을 열었다.

"에헤이—, 오시더라, 오시더라. 재석님이 오실 적의 염주 내아 목에 걸고, 복 줌치도 목에 걸고 손자 줌치 품에다 안고, 에헤이야 아아하, 에헤헤야아 에헤이, 제석님이 강림하셨네. 제석님이 왔네. 어헤이 요……."

무당은 살풀이장단에 맞춰 계속 힘차게 춤을 추면서 무가를 구성지게 부르고 제상 앞으로 나아가 큰절을 하였다. 그녀는 그렇게 박 생원 선조들의 넋을 즐겁게 해드린 다음, 박 생원 가문의 복을 빌어 주었다.

"박씨 가문의 선영님덜. 우리 제석님덜…… 이 잔치에 오셨다가 가실 적에, 손자놈 명이 짧다 하옵거던 명 쥼치(주머니) 주고 기고, 자손 적다 하옵거던 자손 줌치 주고 가고, 복이 적다 하옵거던 복 줌치 주고 가소, 구설삼재 팔랑일랑 천리만리로 속고천리 시켜 주시요~오. 속히 천리 밖으로 물리쳐 주시요~오!"

방울과 정중이 더욱 세차게 흔들릴 때마다 복남이 할머니와 어머니는 무당을 향하여 허리를 끊이지 않고 굽혔다. 그들은 큰 병거지

귀짐작으로 손을 모우고 '비나이다'를 되풀이하였다. 굿상에 켜진 촛불들이 흔들리며 사랑채의 분위기를 한층 돋워 주었다. 박대골 무녀는 신명이 들렸는지 폴짝폴짝 뛰면서 목청을 한껏 높였다. 방울과 정중이 더욱 요란스럽게 흔들렸다.

"헛쇠ㅡ, 성주님이 대노허셨다. 서쪽 잡것은 싸게 물러가그라ㅡ아! 제석님이 노허셨다. 서역 만리 빌어묵던 불구신아, 싸게 물렀거라! 어이, 어여! 뉘 아니 물러가고 자꾸 봐 싸커든 멍구나무 발에 백발가죽으로 싸서 가두고, 시방 무쇄 가마로 괄란다아. 어엇쇠, 셔역개꼬는 믈러가그라아! 어여, 복냄이헌티 들러붙은 서쪽 불구신아! 싸게 물러가그라ㅡ아, 어이여, 워이여!"

무녀는 한동안 정종소리와 방울소리, 고깔과 채색 옷이 한데 어우러져 한 차례 신들린 듯 정신없이 뛰고 돌면서 외쳐댔다. 마침내, 박대골 무당이 씻김굿의 마지막 의식인 촛불 춤을 추었다. 축원을 하면서 소지(燒紙)를 올리는 것으로 굿거리가 끝이 났다. 한지는 너풀너풀 춤을 추며 한 줌의 재로 사그라졌다.

무녀가 갈 채비를 차렸다. 자신에게 반절하는 성 씨에게,

"시방, 서쪽개꼬가 달아났승께 온 창시가 모다 편안헐 게여. 복냄이 야가 지 정기가 다시 들거들랑, 일곱 가지 잡곡으로 죽을 쒀 묵이그라아. 채츰 차도가 있거들랑 말이여. 그리고 엉머구리를 과서 묵이믄, 조렇코름 수수깽이처름 말라서 죽었던 몸텡이에 살이 통통하게 붙을께구만! 알것제, 꼭 고렇게 혀그라 잉?"

고목 아래서 옷을 바꿔 입고 굿을 구경하던 친지들, 동네사람들, 아울러 박씨네는 무당을 장승이 서 있는 동네 어귀까지 정중히 모셨

다. 굿 끝난 뒤 얼마 후, 술시(戌時)가 될 쯤. 박대골 무당의 날받이 세 껑굿이 효험이 있어선지 까무러쳐 죽어 있었던 복냄이가 서서히 소 생되었다. 눈이 감긴 채로 가늘게 숨을 쉬기 시작하는 것이었다. 박 영감네는 입이 껄껄할 때까지 쉬지 않고 되뇌고 있었다.

"하이고, 성주님! 감사협지라요오……."

집에서는 세껑굿이 한창일 때, 복남이 아버지는 예배당 맨바닥에 무릎을 꿇고 가슴을 죄며 간곡하게 기도하고 있었다. 무녀의 굿거리 사설과 복남이 애비의 기도소리가 같은 시간에 한 염원을 향해 치닫고 있었다. 그는 만물이 잠자리를 최촉하는 자시(子時)가 되어서야 예배당을 빠져 나왔다. 논둑길을 빠르게 걸을 때 청개구리의 개골개골 우는 소리가 유난히도 크게 들렸다.

복남이 아버지는 마음을 졸이며 초가에 들어섰다. 그는 조급한 마음을 억누를 길이 없어 사랑채로 성큼성큼 걸었다. 그는 아랫목에 뉘어져 숨을 고르게 쉬면서 자고 있는 첫아들을 보는 순간 은하수의 뭇별들이 초가로 쏟아져 내리는 것 같은 희락에 넘쳤다. 방으로 들어가려 했으나, 굿상 앞에 버티고 앉은 어머니 성 씨가 빠르게 손을 내저었다.

"닌, 부정 타니께 들어올 생갹을 말어야!"

복남이 아버지는 매우 야속한 심정을 가눌 길이 없었으나, 어쩔 수 없이 사랑방 문고리를 살짝 닫고 토방을 내려섰다. 그는 순수하고 경건한 마음으로 창공을 향해 신(야훼)에게 감사의 기도를 올리고 있었다. 하늘에서는 둥글어 가는 달과 영롱하게 빛나는 별들이 박 생원네 초가를 환하게 비춰주고 있다.

복남이가 점차로 회복되자 아버지는 용탕을 지으러 읍내로 나갔다. 할아버지와 할머니는 밀린 일이 많아서 이른 때부터 논과 밭에서 구슬땀을 흘렸다. 아울러 삼촌과 고모들은 복남이를 위해 개구리 사냥터인 산과 논 그리고 방죽이나 못가를 헤집고 다녔다.

어머니 조 씨는 아들에게 하루도 거르지 않고 용탕과 개구리를 달여 먹였다. 복남이는 처음에는 먹지 않으려고 발버둥 쳐댔다. 그러다가 차차 익숙해지자 용탕보다 개구리를 과서 먹여 주는 것을 더 좋아했다. 국물까지도 깨끗이 비워댔다. 용탕 값은 보리타작에서 겨우 마련하고 있었다. 그럼에도 불구하고, 죽사발이 웃음이요, 밥사발이 눈물이라고 집 안에서는 복남이의 재롱에 식구들의 웃음소리가 질펀하게 흘렀다.

달포가 흘러갔다. 잇대어 복용했던 개구리와 용탕 덕택으로 복남이의 만면(滿面)에는 혈색이 돌기 시작했다, 처음에는 볼에서부터 천천히 살이 붙더니 궁둥이 쪽으로 차츰차츰 살이 쪄갔다. 그리하여 댓개비같이 볼품이 없던 신체가 날이 거듭될수록 통통해지고 튼튼해졌다.

"아부님! 지는 서울로 갈라요. 깊으신 사랑으로 너그러이 용서혀시고 허락혀 주시씨요, 예?"

도리깨로 콩깍지를 털어내고 가을걷이를 대충 마친 후였다. 헛간 그득히 낟가리를 쟁이고 난, 늦바람 부는 해거름 녘.

복남이 아버지는 도저히 고향에서는 서역신 예수 그리스도를 끝날까지 믿을 수 없게 될 것이라고 생각했다. 그리하여 그는 정든 산천을 떠나야겠다고 용단을 내렸다. 박 영감은 오후에 친구들과 한잔하고서 유쾌한 기분으로 집에 돌아왔다. 그는 곰방대를 빨면서 진도

아리랑을 웅얼거리고 있었다.

"문경 새재는 웬 고개인고, 구부야 구부야 눈물이
난다. 아리아리랑, 쓰리쓰리랑 아라리가 났네. 아리
랑 응응응, 아라리가 났네……."

노랫가락이 진도아리랑에서 육자배기로 넘어갔다.

"저 건너 갈미봉에 비가 몰려 들어온다. 우장을 두
르고 지심 매러 갈까나……."

번길아 가면서 이어지는 노랫가락이 노인의 흥을 크게 돋우고 있
었다. 복남이 아버지는 기회만 노리다가 지금이 그때라고 단정하고
용기를 내서 안방으로 들어갔다. 정좌를 하고 앉은 복남이 아버지는
얼음에 박 밀듯이 자신의 주장을 소신껏 부친에게 피력한 것이었다.

박 노인은 아들의 이런 당돌한 발언을 듣고도 역정을 내지 않았다.
미리 짐작이나 했던 것 같은 안색이었다. 곰방대에 다시 불을 댕기며
박 노인은 아들을 나지막하게 타일렀다.

"니는 그 야수구신인간 하는 것 땜시 첫 손잘 쥬길랴고 하더니만,
시방엔 몇 백리나 되는 한양 땅으로 가굿다고야! 닌, 솔닢만 묵고 살
았든 솔쐐기가 아닌겨? 니도 알 것지만, 사램이 낳아주고 보살펴 준
션친덜을 몰라보믄 필경은 망하는 겨…… 내가 살믄은 을매나 더 살
겄냐? 닌 워찌 지사(제사)도 참석하지 않는겨? 워째 고렇콤 철이 안
든다냐 긍께 말여!"

허나 복남이 아버지도 이왕 내친걸음이라고 머릿속에 떠올린 듯, 자신의 의지를 꺾지 않았다. 오히려 그의 어투가 조금 더 강경해졌다.

"아부님도 아시 것지만요, 지는 황전도사의 전도로 혀서 예수를 영접허게 되었지라요. 고런디, 암치케 생각혀 뵈도 고향선 예수를 믿지 못하긋써라요. 혀서, 한양으로 떠날라고 합지라요. 워느 누가 고렸는진 모르 것지만요, 하나뿍에 읎는 소중한 성경책이 부뚜막 아궁지서 허연 재로 변헌 걸 보았을 적에 지 맴이 워쩔 것써라요. 진, 도저히 예선 살 수 읎다고 결심 혔구만요. 또 아덜 놈 복냄이 핵교도 셔울서 댕기는 거시 예보단 훨썩 낫겄고요. 아부님, 지가 요로코롬 말혀는 걸 용셔 허시이고, 허락혀 주시씨요, 잉?"

방 안의 등잔불이 그들의 심사(心思)를 반영이라도 하듯 이리저리 어지럽게 흔들거리고 있다. 마루의 서까래에 걸려 있는 남포 불은 기름이 얼마 남아 있지 않아서 자꾸만 사위어 간다. 복남이 할아버지 박 생원은 애끓는 심정으로 단죽을 빨았다. 술기운이 시나브로 온몸으로 퍼지면서 취기가 올랐다. 잠시 후 그는 매우 언짢은 표정으로 눈을 지릅뜨고 굳게 다문 입술을 떼었다.

"니가 무신 말을 하는 진 내 알아들었고만……. 쪼깨 고려혀 봐야 것 쓴께, 건너가 있어야! 아, 싸게 복냄이한테 가그라!"

복남이 아버지는 말없이 사랑채로 물러갔다.

방 안에는 박 영감과 성 씨 할머니가 침통하게 마주보고 있다. 심지에서 그을음이 올라오는 등잔불 때문에 간신히 서로를 알아볼 수 있을 정도였다.

"허어, 등잔불에 콩 볶아 먹을 놈! 당최 이럽 뱁은 읎는 겨. 난 도모

지 그냥 냅둘 순 읋는디 말여, 아 헬먼 맴은 워쩔감?"

침통한 어투로 말을 붙인 박 영감이 대답을 들은 것은 한참이 지나서였다.

"영감! 보냅지라요? 지도 영감 맴 모르는 거 아닙지라요. 지 맴도 솜뭉치로 가슴을 치는 건 마찬가지지만셔도, 손자 복냄이 앞날을 위혀서도 보내야 안 것 씀껴, 잉? 아덜 눔이 고노무 야수구신이 들어 고렇치, 쇠줄랑이도 아이고 맴 하나먼은 착혀디 착현 놈잉께…… . 조샹 뫼시는 딘 소홀히 안 헐꺼라요! 우린 예서 흙 파 묵고, 아덜 놈은 한양 땅으로 보냅지요. 고러고서 저석들 잘 되라고 웃대님덜께 빌고 또 비는 것이 부모 된 우리덜의 도리가 아니 것 씀껴?"

성 씨는 하나밖에 없는 손자의 앞날을 위해서도, 장남이 촌구석에서 흙과 더불어 사는 것을 바라지 않았다. 그보다는 한양으로 올라가성공해서 떵떵거리며 사는 모습을 진심으로 바라는 것 같았다. 할망구마저 남편의 뜻에 동조하지 않자, 성난 태도로 입을 열려던 박 영감은 지그시 입술을 깨물었다. 그는 모든 것을 단념한 듯 퉁명스럽게 내뱉는다.

"님자, 좋을 대로 혀!"

박 영감은 더 이상 방에 있기 싫어서 문고리를 박차고 나갔다. 뜰에 내려선 박 영감은 감나무 앞에 매우 착잡한 정황으로 망연히 서 있었다. 잠시 후, 박 노인은 몸을 돌려 스산한 밤기운이 감돌고 있는 고목의 밑동으로 걸음을 옮긴 후 꼿꼿하게 섰다. 얼굴을 들어 밤하늘을 쳐다본다.

박 노인의 이런 행동을 물끄러미 바라보고 있었던 성 씨는, 안채에서 소리 없이 나왔다. 천천히 박 노인에게 걸어가 바로 옆에서 멈췄다. 그녀는 입을 오므린 채 고목을 향해서 아들과 아들의 아들에 대한 수복강녕(壽福康寧)을 빌기 시작하였다. 얼마 후, 꿋꿋이 허공을 응시하던 박 노인이 몸을 돌렸다. 그리고 빌기를 마친 성 씨의 작고 잔주름투성이 두 손을 가볍게 힘을 주며 쥐었다.

"……!"

"……!"

그들에게 무슨 언어가 필요하겠는가? 고목의 거대한 그림자, 아직도 가지 끝에 매달려 매서운 바람에 나부끼는 몇몇 잎새들이 잠잠한 두 노인을 부러운 눈빛으로 감싸고 있을 뿐이다. 하늘에는 별이 한층 총총하고, 초가지붕의 박이 더욱 영그는 밤이었다.

이튿날 언덕 너머로 붉게 물든 노을이 지고 하현달이 뜰 즈음, 복남이네 삽짝거리에는 같이 소꿉놀이하던 현숙이네 달구지가 보였다. 그 달구지에 식솔들이 부지런히 휑한 빈 집에 서발막대 거칠 것 없는 세간을 싣고 있었다. 고향사람들의 이목 때문에 낮에는 갈 수가 없어서 이제야 서두르는 것이다.

마침내 달구지 바퀴가 굴러가기 시작했고, 저만치서 구릉의 능선 하나를 삼키어 가고 있었다.

삽짝거리 밖에 멀거니 서서, 떠나가는 달구지를 바라보고 있는 사람들이 있다. 그들은 복남이 할아버지, 할머니, 삼촌, 고모들이었다. 그중에서도, 복남이 할머니 성 씨는 하염없이 눈물을 흘리고 있었다. 도롱테가 덜커덕, 덜컹거리며 구를 때마다 살점이 뜯겨 나가는 아픔을 참고 있었다. 죽을 뻔했던 손자 놈을 살려 놓았고, 이젠 재롱을 받을 만한 때인데……

연이어 돌아가는 바퀴 속으로 고향의 모든 정(情)이 조금씩 삭아가고 있었다. 보채기만 하는 복남이에게 어미가 나오지 않는 젖을 물리며 꼭 끌어안고 있다. 옷보자기에 기댄 복남이 아버지는 글썽글썽한 눈망울을 감추려는 듯 흘러가는 하현달을 쳐다보았다. 그러면서 부모님이 장수하시기를 간절한 맘으로 소망했다. 어머니 조 씨는 콧잔등을 타고 흐르는 물줄기를 치마끈으로 훔치고 있었다.

"할매!"
"할매요……!"
복남이는 할머니 품이 그리운지 '할머니'를 찾았다. 어머니 조 씨는 아이가 할머니를 볼 수 없도록 계속해서 방향을 바꾸었다. 어머니 등에서 자꾸만 칭얼거리던 복남이가 할머니를 애타게 부르다가 소리 내 울기 시작했다. 차가운 저녁 바람이 앙상한 가지에 몇 개밖에 남지 않은 잎새를 세차게 흔들었다. 마지막 잎새는 서서히 나타나는 뭇별들과 눈물을 쏟을 것 같은 하현달을 사리 짓고 있었다.

어디선가,
　철 늦은 뜸북새가
　　'뜸북, 뜸―북' 울면서

　　저 멀리

　　날아갔다.

04

생(生)의
실루엣II

· · · · · ·

"저어……, 우선 술 한잔 받으시죠."

"아니, 이 사람아, 아직 초저녁인디 술은 무슨 술이여……."

그러면서도, 김 노인은 내가 따라주는 술잔을 받았다. 한동안 말없이 술을 들이켜던 그가 게슴츠레한 눈빛으로 나를 바라보았다. 순간 나는 조금 당황했으나, 곧 태연한 체하려고 애쓰면서 속으로 자문자답하고 있었다.

(내가 찾아온 목적을 말씀드려야 하나? 초면인데 다음 기회로 미루자... 아냐, 어차피 해야 할 말이잖아. 이 일은 나를 위한 것도 아니지 않은가?)

나는 여러 가지 상념 때문에 쉽사리 결론을 내리지 못하고 있었다. 그때, 노인장은 깍두기를 먹던 뼈마디 굵은 손을 놓고, 나를 정면으로 바라보면서 입술을 떼었다.

"내 막내아들 원철이의 친구라고 혔지. 그래, 이 늙은 것에게 무슨 볼일이 있어서 예까지 방문을 한 건가?"

방 안을 점령해버린 듯한 무수한 파리들을 쳐다보면서 어정쩡한 대답을 해야 했다.

"네, 그저 친구의 아버님을 찾아뵙는 것이 도리인 것 같아서요."

나는 분명히 거짓말을 하고 있었다. 이곳을 찾아온 목적이 너무나 뚜렷한데도 말이다.

이 판잣집에 더 이상 앉아 있다가는 가슴을 치밀어 오는 역한 냄새로 질식할 것 같아, 나는 오늘의 첫 방문을 그저 인사차 온 것으로 돌리고 다음에 와서 목적을 달성하기로 생각을 고쳐먹었다.

"저 이만 가보겠습니다. 그럼, 몸 편히 계세요."

"아니, 어려운 걸음을 했는데, 저녁이나 들고 가게나 젊은이. 하긴 찬도 없지만……."

그의 미안하다는 듯한 체념의 표정이 오히려 나를 당혹하게 했다.

"여보세요?"

"야, 재훈이구나. 나다. 그래 일은 잘 됐냐?"

전화선을 타고서 친구 원철이의 들뜬 목소리가 내 귓바퀴를 진동시켰다.

"여기 회사 앞 다정다방이다. 빨리 나와라."

"재훈아, 답답하구나, 성공이야? 실패야?"

"나와 보면 알 거야, 인마."

나는 일부러 임무를 성공적으로 수행하고 돌아온 특파원처럼 쾌활한 목소리로 대꾸하고 전화를 끊었다.

얼마 후, 다방에 들어선 원철이는 나를 발견하고 의자에 앉자마자 다그쳐 물었다.

"야 인마, 사람 속 태우지 말고 어서 말해! 성공했냐?"

그가 너무 다그치자 나는 오히려 어느 정도 여유가 생겼다.

"그 일이 그렇게 쉬운 일인지 아냐?"

"그래서 모든 면에서 유능한 너를 특사로 보낸 거 아니냐, 인마."

조금은 친구를 비웃는 듯한 어투로 나는 억양을 내리깔았다.

"특사? 특사, 좋아하시네. 말도 못 꺼냈어."

그도 대충 눈치를 챈 듯이 '실패구나!' 하고 중얼거리더니 얼굴 가득히 낭패의 빛을 띠었다. 나도 조금은 안쓰러운 마음에서,

"야, 다음 기회에는 반드시 특사의 임무를 안수하고 올 테니 걱정하지마."

하고 위로의 말을 건넸다. 그러면서 다방의 에어컨 바람에 고마움을 느끼면서, 내가 다녀왔던 S동(洞)에 대한 기억을 더듬어갔다.

≪친구 원철이가 일러준 S동은 초행길이었다. 내가 태어나서 그쪽으로 소피도 한 번 보지 않은 곳이었다. 그래서 나는 그 동네를 유심히 관찰하게 되었다.

그곳은 행정구획상 서울에 속하기는 했지만, 새마을운동으로 도시화된 근교 농촌보다도 형편없었다. 그러면서도 동 이름이 붙여지고 통, 반까지 나뉘어져 있었으므로 외관상으로는 그럴 듯하게 도시화된 동네였다.

S동 어귀로 들어가는 다리를 건너자, 나는 작열하는 태양이 주는 짜증보다 온갖 쓰레기가 썩고 있는 악취로 처음에는 아

뜩함을 느꼈다. 길에서 마주치는 사람들의 너무도 익숙한 표
정에서, 유독 나만 냄새에 대해 알레르기 반응을 일으키는 정
신이상자인 것 같아 얼른 코를 막았던 손을 떼었다. 마을 중간
쯤 들어섰을 때 다시 한번 아찔함을 느낄 수 있었다. 집들은
6·25사변 직후와 같이 게딱지처럼 다닥다닥 붙은 판자촌이
었다. 집 뒤편으로 바라보이는 쓰레기더미는 악취의 근원을
알려주기라도 하는 듯, 난잡한 상태로 강 하류를 메우며 널려
있었다. 그때, 몇 대의 대형트럭이 좁은 길을 따라서 흙먼지를
날리며 꽁무니에서 쓰레기를 쏟아냈다. 그러자 파리 떼가 마
치 메뚜기가 농작물을 해치우듯 쓰레기의 무덤 속으로 빨려
들어가고 있었다.

'얼마나 걸어왔을까?' 하고 시계를 들여다보았다. 초침이 움직
일 때마다 괜히 가슴이 덜컹거리고 있었다. 8월의 뙤약볕 태
양이 선사하는 무더위와 악취에 신경을 집중하며 빨리 빠져나
가려고 해서인지, 시간상으로는 몇 분밖에 걸리지 않았으나
꽤 오래 걸린 것 같았다. 나는 이번 방문이 공연히 남의 제사
상에 끼어들어 감 놔라 배 놔라 하는 것이 아닌가 하는 의구
심마저 들었다.

그러던 중, 참으로 다행히도 나는 판잣집들 사이에 있는 조그
만 가게를 발견할 수 있었다. 사막에서 오아시스를 만난 것처
럼 반가웠다. 그 가게에는 음료수 몇 병과 생활필수품 나부랭
이만 진열되어 있었으나, 나에겐 고약한 냄새로부터 해방시켜
줄 수 있는 낙원으로 여겨져 총총걸음으로 가게 안으로 들어
섰다. 점방 안은 냄새가 덜 나서 견딜 만했다. 이곳에 생활의

터전을 마련해야 했던 그들의 악취에 대한 표정들을 조금은 이해할 것도 같다고 생각했다.

사이다를 주문했더니 주인이 사이다와 컵을 내밀었다. 그런데 컵에 막걸리를 마시다 만 액체인지 끈적끈적한 물기가 남아 있어서, 나는 사이다를 그냥 병째로 한 모금 마셨다. 사이다의 맛은 미지근한 맹물 맛이었다. 기쁜 마음으로 들어왔던 나는 기분이 상해서 병을 탁자 위에 내려놓았다. 그러자 곧 기다렸다는 듯이 하루살이와 날파리들이 날아와 병의 입구에 달라붙어 좀처럼 떨어지려고 하지 않았다. 어쩌면 이 미물들이 이곳 사람들의 삶을 대변해 주고 있는지도 모른다는 생각이 들었다. 울며 겨자 먹기식으로 날파리들과 실랑이를 벌이던 나는, 불현듯 S동에 오게 된 임무가 생각나서 얼른 시선을 돌렸다. 졸고 있던 주인은 내가 그를 깨우자 마지못한 듯 실눈을 가늘게 뜨고 고개를 들었다.

"아저씨, 혹시 이 동네에 김, 동 자 수 자 쓰시는 노인장께서 살고 계시는지요?"

"아니, 댁은 뒤신데? 그런 사람은 왜 찾는 거요?"

점방 주인은 몹시 귀찮은 말투였으나, 그의 대꾸로 짐작하건데 그 어르신은 좋은 쪽으로든 나쁜 쪽으로든 평범한 사람이 아님을 육감적으로 느꼈다. 한편으로는 그의 어투 속에서 김 노인을 알고 있다는 확신이 서서 적이나 안심이 되었다. 그가 일러준 곳으로 가는 동안 어린애들과 마주쳤다. 그들은 너덜너덜한 러닝셔츠에 빛바랜 반바지를 입고 있었으며 한결같이 부스럼과 종기가 나 있었다.

김 노인 집에 들어섰을 땐 땅거미가 뉘엿뉘엿 지고 있었고, 그런대로 더위와 냄새에 면역이 되어 있었다. 나는 이곳 사람들의 회색빛 환경과 들풀처럼 돋아나 엉겅퀴 같은 삶을 사는 그들의 처지를 어렴풋이나마 이해할 수 있었다. 그리고 원철이 부친과의 만남……≫

이윽고 내가 김 노인과의 상념에서 깨어나기를 기다리며, 계속해서 성냥을 부러뜨리고 있던 원철이가 나직이 입술을 떼었다.

"가출한 지 10년 동안 꿩 구어 먹은 소식이다가, 이제야 부친을 뵙겠다는 내 양심이 잘못되었기 때문에 당신께서 동의를 안 하시는 것은 아닐까?"

"어쩌면 그럴지도 모르지. 그렇지만 부모님 사랑은 내리사랑이니까, 언젠간 춘부장께서도 너의 효심을 받아들일 날이 올 거야. 걱정 붙들어 매."

허나, 이렇게 말하는 내 자신도 그렇게 일이 잘 풀릴지 확신할 수 없었다. 자꾸만 S동의 전경(全景)과 노인의 게슴츠레한 눈빛이 어른어른 교차되었다. 나는 친구와 이야기의 화제를 돌릴 필요가 있다고 판단하고 말머리를 돌렸다.

"어차피 인간이란 게 자기 자신만의 탈, 즉 서로가 상대방을 인정하지 않으려는 가식과 가면을 쓰고 살아가게 돼 있어. 타인의 가면을 인정할 때까지는 오랜 시간이 걸리는 법이야."

소파에 등을 대고 잠자코 듣기만 하던 그가 천천히 커피를 마시며 차분히 말을 받았다.

"자신만의 가면이라고? 그럼 재훈이 너는 모든 인간이, 아니, 갓난

아기 때도 탈을 쓰고 산다는 거냐? 나는 오로지 갓난아기 때가 인간이 제일 순수한 삶을 사는 때라고, 다시 말해 갓 태어났을 때가 아무런 가식이 없는 순진무구한 생활을 영위하는 순간이라고 생각하고 있는데……."

원철이는 절대로 그럴 리 없다고 확언할 수 있다는 투로 말했다. 그러나 나는 얼른 그의 지론에 반론을 폈다.

"아니야, 그건 그렇지 않아. 사람들은 제각기 탯줄을 끊는 순간 이미 그를 위해 만들어진 가면과 가식들을 쓰고서 출생하는 거야. 다시 말해, 국적, 피부, 관습, 성격 등등의 탈을 쓰고 모태로부터 나오는 거야. 결단코 어느 누구도 벗어던질 수 없는 그런 것들이지. 과학에서는 그 일부분을 유전이라고 부르고, 우리는 '핏줄은 속일 수 없나'고 하는 거고 말이야."

나는 잠시 말을 끊었다. 원철이를 만나면 어떤 언쟁을 해도 결론이 난 적은 없었지만 우리는 서로 부담감 없이 언쟁을 즐기곤 했다. 대학은 달랐지만 같은 독문과를 나왔다는 사실이 서로 마음의 벽을 좁히는 데 큰 몫을 하기도 했다. 하기야 결혼을 한 그와 아직 노총각인 나와는, 현 사회를 응시하는 관점이 약간씩 다르긴 하지만…….

다시, 나는 아무런 거리낌 없이 반론을 이어갔다.

"그리하여 그 아기는 어른들이 만들어 놓은 가면을 점차 자신의 것으로 소화해 나가며 성장하게 되지. 그렇지만 어느 순간부터는 자기 스스로 마스크의 필요성을 절실하게 느끼게 되는 거야, 그 이후로 가끔은 주저하기도 하면서 하나 둘씩 가면을 만들어 가는 것이야. 반대로 가면을 깨뜨려 버리려는 노력을 하기도 하지. 그러다가 나이가 들수록 그 탈을 남들이 보기에 좋도록, 부언하면 각자의 탈에다가 인격이라는 형(型)틀 위에 재산이라는 것도 색칠하고, 명예도 그리며, 권력도 새겨 넣는 작업을 하려고 바둥바둥 거리다가, 결국에는 죽음에 입맞춤하면서 자신이 애써 가꾸던 모든 탈을 벗어던지는 것이 인생이야."

나의 언변에 원철이도 지지 않으려는 듯 억양을 약간 높였다.

"하지만 인마, 인간의 삶 속에는 네가 그토록 강조하는 그 가면이란 것을 벗어던질 수 있는 '양심'이라는 것이 있잖니. 그래서 나는 맹자의 성선설을 순자의 성악설보다도 더욱 신봉하고 있는 거야. 또한 내가 S동에서 고생하시는 아버님을 우리 집 안국동으로 모셔 오려는 이유가 효심 때문이기도 하겠지만 나와 아내의 양심 때문이기도 해. 아니, 이건 효심과 양심을 논하기 이전에 부친에 대한 자식의 도리가 아닐까?"

"물론, 네 말이 옳아. 그래서 네가 못하고 있는 그 일을 내가 대신 맡아서 특사자격(?)으로 갔다 온 것이 아니냐."

즉시 말을 받았던 나는 잠시 뜸을 들이다가 그의 말에 토를 달았다.

"원철이 너는 양심을 상당히 중시하는 것 같은데, 그 양심이라는 어휘도 믿을 만한 모토가 못 된다고 봐. 왜냐하면 이 '양심'이라는 것도 귀에 걸면 귀걸이, 코에 걸면 코걸이식으로 사회와 국가와 시대에 따라 변하기 때문이지. 예를 들어, 혼인 전에 여자가 성(性)경험을 했다고 치자. 만약 그때가 이씨 조선시대였다면 결단코 용납될 수 없는 일이었기 때문에 양심의 가책을 받아 은장도로 자결을 했을 거야. 그러나 현대의 여성이라면 그런 일이 너무 빈번하게 발생하니까 양심의 가책을 크게 느끼지 않을지도 몰라. 예가 빗나갔는지도 모르지만... 그러므로 '양심'이라는 것은 어찌 보면 시대와 사회에 적응하기 위해 고안해낸 가장 편리한 제도인지도 몰라."

원철이의 목소리는 의외로 차분하게 가라앉아 있었다.

"그럼, 재훈이 넌 양심도 계속 변할 수 있는, 인간이 만든 일종의 탈과 가면이라는 말인 것 같은데⋯⋯. 양심까지 부인해 버린다면 인간은 과연 무엇에 따라 행동해야 하는 거니?"

나는 친구의 감정을 상하지 않게 하려고 애쓰면서 나의 눌변을 이어 갔다.

"그러니까 원철이 네가 춘부장을 안국동으로 모셔다 같이 살겠다는 의도는 굳이 따진다면 한국적 관습이라는 탈의 목소리에 귀를 기울인 것이겠지. 외국은 부모 공경의 문제에 대해 한국적 관습처럼 강하지 않지. 광역의 뜻으로 볼 때, 한 지역에 있어서 관습이라는 카테고리는 양심을 포함하고 있기도 해. 하지만 관습과 양심이 일치하지 않는 경우도 허다하지. 대표적인 것은, 요즘 교회 청년들은 술, 담배 문제에 있어서 그들의 양심에는 조금도 꺼리지 않으나, 기독교가 들어오던 초창기에 몇몇 사람이 다시 창출(創出)해낸 한국적인 예수쟁이들의 관습 때문에 꺼리는 청년이 많아. 오히려 그들은 성서에서 금하는 개고기는 잘 먹으면서 말야. 거 왜, 기획부장 Mr. 장이 그렇잖아. 보신탕은 먹으면서 술, 담배 하지 않는 예수쟁이 말이야. 한편으로 매우 안타까운 일이지. 그래서 사람들은 관습과 양심이 한데 이우러진 행동을 하려고 하는지도 몰라. 그것이 가장 안전하니까⋯⋯. 그리고 여기서 확실히 짚고 넘어갈 것은, 인간이 자신의 양심을 부인해서는 안 되는 거지만, 양심과 다른 여러 종류의 탈 속에서 갈등해야 하는 때가 빈번하게 일어난다는 점이야. 그래서 그 해결책으로 우리 인간들은 서로의 탈을 인정하면서 ⋯⋯ 탈을 쓰지 않고 존재하는 무소불

변의 어떤 절대자를 창출해 낸 것이지. 그는 인간이 이성으로 판단할 수 있는 지고의 진리와 선(善)만을 소유한 신(神)이야. 그러나 그 신마저도 에리히 프롬의 말에 의하면 시대와 역사에 따라 변한다는 거야. 프롬에 따르면 기독교인의 성경에서도 신의 모습이 구약과 신약에 따라 엄청나게 달라. 나의 명령만 따르라는 엄격한 율법을 정하고 그 율법을 지키지 않으면 가차 없이 처벌하던 구약의 부가장(父家長)적 신에서, 신약으로 넘어오면서 관용과 포용의 모가장(母家長)적 신으로 변하고 있다는 거야. 구약은 오로지 유대인의 역사에 대한 서술이지만, 신약은 유대인뿐만 아니라 다른 여러 민족에 대한 기록으로 바뀌어 있어. 그렇다면 과연 이 지상에서 불변이라는 것이 있는 걸까?"

그때, 시대에 따라 변하는 하느님을 내가 믿지 않는 다는 사실을 아는 친구가 끼어들었다.

"나는 네가 소위 유일신을 믿는다는 크리스천이 아닌 줄로 아는데……. 또한 네가 말하는 신의 개념은 파스칼의 철학 사상에서 고찰해 본다면 파스칼이 이성 철학에 반대하는 것과 같아. 이것은 이성철학인 합리론(合理論)적 신의 철학적 증명이라고 보여 지는데……. 무슨 말이냐 하면 말야, 합리론은 신의 문제에 있어서 '신이 있으니 믿어라'고 하는 인공적인 신으로, 진리의 신으로 향도(向道)하는 것이며 존재의 합리화를 꾀하는 신학자의 철학이지. 그러나 파스칼의 비합리론적 신의 철학적 증명은 '믿어라. 그러면 신이 있음을 알리라'는 자연적 신이야. 이것은 고뇌하고 갈망하는 사람의 신이고, 개인적 신앙을 강조하고 있어. 달리 말하면 개인적으로 신을 경험하는 신도의 철학을 말하는 거야."

그가 중간에서 이야기를 가로채자 나는 갑자기 심한 갈증을 느꼈다. 사이다 잔에 남은 얼음조각과 물을 홀짝 들이켰다. 다방 안이 다소 북적거려 시계를 보니 8시 30분을 나타냈다. 아직 저녁을 못 먹은 탓으로 배가 고파왔다. 나는 이 토론이 바늘구멍으로 하늘 보기식이 아닌가 싶어, 빨리 끝내야겠다고 생각하면서,

"당연히, 내가 말하는 것은 기독교의 신이 아니야. 그와는 정반대의 교리로 신이 인간의 피조물이 되는 사상이야. 사람들이 그들의 이성(理性)을 총동원하여, 추구할 수 있는 절대자를 만들고, 그것에 이름을 붙이길 '신(God)'이라고 한 거니까. 기독교의 발상지인 이스라엘의 유대인들은 그 절대자를 여호와(Jehovah)라고, 가톨릭에서는 야훼(Yahweh)라고, 불어로는 디외(Dieu), 중국에서는 상디(上帝, shàng dì)라고 부르며, 일본에서는 카미(神, かみ)이고, 한국에서는 '하나님'이라고 부르는 … 이성적으로 무결점 상태의 절대자가 된 것이야."

잠시 말을 끊고 거의 남아 있지 않은 사이다를 들이켜고 나의 결론을 이어갔다.

"그러므로 어쩌면 신은 너와 나, 아니 우리 모든 인간 각자의 가슴속에 내재하고 있는 건지도 몰라. 달리 말하면, 각자의 가슴속에는 근심하고 애수(哀愁)에 젖으며 사랑을 희구하는 신, 즉 매우 인간적으로 인간의 마음이 갈망하는 '인간적인 신'이 있다는 얘기지."

나는 여기서 그와의 토론이 그치기를 원했으므로, 깍지 낀 손으로 턱을 어루만지며 더듬었다. 원철이와 친구가 된 이유 중 하나도 그가 의견이 상충한 상대방에 대해 관용을 베풀 줄 아는 따뜻한 가슴을 가졌기 때문이었다.

내 심중을 아는 그가 말머리를 돌렸다.

"인사가 늦었지만, 오늘 나 때문에 애 많이 썼다."

나는 그의 말이 떨어지기 무섭게 되받아쳤다.

"말로만?"

"그럼, 내가 뽀뽀라도 해주랴?"

"뭐? …… 졌다."

그의 얼굴 가득히 미소가 번졌다. 오랜만에 보는 웃음이었다.

"야, 웃기지 마. 더 배고파져."

우리는 다방을 나와 가까운 한식집으로 직행했다.

식사가 끝나도록 침묵을 지키던 친구가 부드러운 소리로 물었다.

"너도 알다시피, 일은 언제나 마무리가 더욱 중요하니까……. 언제 다시 가 준다면 좋겠는데……. 모레 토요일은 어떻겠니?"

"아니, 이번 주는 안 돼. 이 몸이 선을 보기로 했거든. 야, 나도 장가가야지. 그 대신 다음 주 토요일엔 꼭 가마. 그때는 원철이 너도 같이 가는 게 좋을 것 같은데……. 어떠냐? 아무래도 나 혼자는 힘들 것 같고, 또 이 문제는 애당초부터 네 일이었으니까 말야."

그는 거북선 담배를 꺼내 물고 말없이 담배를 태우며 생각에 잠겼다. 이윽고, 내 말에 대한 긍정의 표시로 그의 고개가 가볍게 끄덕여졌다.

"그래, 그럼 28일 토요일에 찾아뵙기로 하자. 나도 그날만큼은 결코 물러서지 않을 작정이니까. 그간에도 서로 연락하자."

"아니, 벌써 열 시가 넘었네. 마누라가 걱정하겠다. 어서 들어가거라."

"진짜로, 오늘 고생 많았다. 선도 잘 보고……. 좋은 소식 있으면 연락해라."

한식집에서 나와 친구와 헤어졌다. 그가 헤어지면서 흔드는 손이 힘없이 나풀거렸다.

집으로 돌아오는 택시 안에서 나는 그와의 관계를 떠올리기 위해 그와 함께 한 과거의 파편들을 더듬고 있었다.

≪내가 원철이를 처음 만난 때는 우리가 같이 다녔던 회사의 면접시험이 있는 날이었다. 그를 처음 보았을 때 눈이 서글서글하고 또한 하관이 빨지 않아서 '좋은 놈이구나' 하는 첫인상을 받았다. 호감을 갖고 있는 데다 같은 영업부에 배치를 받아서 우리는 자연스럽게 친하게 되었다. 그러나 평소에는 농담도 잘하고 쾌활한 성격인 원철이는 보기와는 달리 혼자 있을 때는 우수가 깔린 어딘지 우울해 보이는 얼굴이었다.

우리가 입사한 후 1년이 조금 넘었을 때, 우리는 단둘이 소주잔을 기울였다. 그때는 그가 약혼했다고 털어놓은 지 3개월쯤 지났을 때였다. 원철이는 그때 스물여덟이었고, 나는 그보다 한 살 아래였다. 술이 몇 순배 돌자 그는 나에게 서둘러 결혼을 해야겠다고 하며 함(函)을 져 달라고 부탁을 했고 나는 쾌히 승낙했다.

그 후로 두 번째 맞이한 초여름의 어느 날, 원철이는 자기 딸의 돌잔치에 자기 집이 있는 안국동으로 나를 초대했다. 자기 집이라고 해봐야 은행 빚이 절반이었지만……. 이윽고 단둘만이 술좌석을 마주한 자리에서 그는 비로소 자신의 고민을 털어놓았다. 그때, 원철이는 단란한 가정을 꾸미고 사는 한 딸의 아빠였고 서른 살의 가장이었다. 회사에서도 대리로 승진했다.

나는 회사를 나와 오파상을 꾸려 나가면서 노총각 신세를 모면하기 위해 부지런히 선을 보고 있을 때였다.≫

원철이의 고민은 어떻게 하면 S동에 계시는 부친을 하루 속히 안국동으로 모셔 오느냐 하는 것이었다.

≪친구 원철이는 엄한 부친 밑에서 고3 때까지 성장했다고 했다. 엄마가 일찍 돌아가셔서 모친의 사랑마저 없이 자란 그는 점점 외로움을 느꼈다고 했다. 그는 고등학교를 어렵게 마치자 졸업식 다음 날, 아무도 몰래 집을 뛰쳐나왔다. 소위 가출을 한 것이었다. 가출한 이유는 모친과 사별하고 8년 동안이나 외롭게 살아오신 아버님의 고생을 덜어 드리려는 것과 식구는 단출했으나 ― 맏형과 누나는 6·25전쟁 때 잃었으므로 아버님, 원종 형, 원철이 세 식구였다 ― 가난에 찌들어 버린 고향이 싫었기 때문이라고 했다.
막상, 무작정 집을 나오긴 했으나 수중에 돈 한 푼 없었다. 가출 첫날 그는 남산 야외 음악당에서 굶주림과 추위에 떨며 짙은 회색의 밤을 지새워야 했다. 이틀을 굶고서 원철이는 서울역 뒤꼍에서 쪼록(피를 뽑아 파는 것으로 헌혈과 다름)을 해서 허기진 배를 채울 수밖에 없었다. 그 구역의 구두닦이 애들에게 몰매를 맞고서야 구두 통을 메고 거리를 헤맬 수 있었다. 그 후에 원철이는 남영동에 있는 시립복지회관에서 잠을 자게 되었다. 그러던 중 그곳에 가끔 찾아오는 어느 전도사의 도움으로 기사식당에서 자면서 세차를 할 수 있었다. 처음으로 행복하다는 단어가 떠오르면서 자꾸만 공부가 하고 싶었다. 3개월 뒤에는 근로 청소년이 되었다. 그렇게 하여 그는 마음을 독하게 먹고 피를 말려 가면서 공부를 했다. 드디어 1년 만에 대학교에 합격했다. 대학교 입학식 날, 그는 속으로 짙은 회한의 눈물을 삼켰다고 했다. 대학생활 역시 순탄하지 못했다. 그는 납입금 때문에 5년 만에 학사모를 썼다. 축하해 줄 사람도 없었지만……. 그렇지만 그날 가슴 뿌듯한 무언가를 느꼈다고 했다. 졸업과 동시에 무역회사에 입사를 하고, 이제는 결혼도 하고 자식도 있어 행복해했다.

그때, 원철이는 꿈에서나 그려 보던 고향과 가족을 찾아가기로 결심했다. 금의환향은 아니었으나 나름대로 감회가 깊었다고 했다. 실로 10여 년 만이었다. 아버님(김 노인)은 옛날의 그 모습대로 근엄하게 아들 원철이를 맞이했다고 했다. 원철이가 집에 와 보니, 부친께선 환갑을 앞둔 노인이라기보다는 일흔이 훨씬 넘어 보이셨고 하꼬방 집은 바람만 불면 쓰러질 것 같았다. 그는 북받쳐 오르는 설움으로 어린 소녀처럼 아버님의 품속으로 뛰어들며 끝내 울음을 터뜨리고 말았지만, 노인께선 단지 두 눈을 껌뻑거릴 뿐이셨다.

한동안 소리 내 울던 원철이가 눈물을 훔치고 원중이 형의 소식을 물었으나 꿀 먹은 벙어리처럼 묵묵부답이셨다. 이어 아버님을 편히 모시려고 왔다고 하며 같이 가서 사시자고 끈덕지게 권유했으나, 단호한 어조로 '싫다!'고 하셨다. 여러 번 맞벌이하는 아내와 함께 찾아뵙기도 했으나 헛수고일 뿐이었다. 그러나 포기하지 않고 나중에는 세 살 된 딸을 데리고 찾아가서 계속 설득해 보았다.

"아버님, 아버지의 손녀 은경이예요. 은경아, 이분이 바로 너의 친할아버지시다."

아내에게서 은경이를 넘겨받아, 손녀를 품에 안은 엄친은 야윈 눈가죽 아래로 눈물을 글썽거리곤 하셨다. 그러나 같이 가시자는 말에 여전히 "난, 여기서 죽을란다"고 하시며 고집을 꺾지 않으셨다. 친구 원철이는, 원철이 나름대로 부친의 환갑 잔치를 기필코 아들의 집에서 치르겠다는 일념을 굽히지 않고 김 노인을 설득해 보았으나 만사가 허사였다. 그래서 이제는 안타까운 심정을 부여안고 다달이 월급에서 거금 10만 원씩 떼어 보내 드리고 있다고 한다. 이 액수는 원철이 봉급의 1/4이나 되는 큰돈이다. 그런데 요즘 들어 몸이 많이 아픈 아내가 경제적인 어려움으로 훌쩍거리는 횟수가 부쩍 늘었다. 그래도 아버지한테 송금하는 액수를 줄이거나 멈출 수가 없었다. 아버지에게 우편송금을 한 날엔 부친의 고집, 사회와 행정 당국자, 아니 그 누구에 대한 미움인지 모를 서글픔을 느껴져 서글픔이 한꺼번에 몰려온다고 했다.

원철이는 고향마을의 변천을 한탄하면서 아울러 부친의 아집을 원망하기까지 했다. 친구가 소년이었을 때의 고향은 한강 줄기가 싸고돌아서 무척 맑은 물이 흘렀었다. 그래서 여름에는 하루 종일 미역을 감거나 고기를 잡아도 전혀 싫증이 나지 않았던 경치가 좋은 곳이었다. 하지만 그가 가출할 당시 그곳은 눈에 띄게 변해가고 있었다. 우선 깨끗하던 한강이 오염이 되기 시작했다. 그런 와중에서도 S동과 인접한 N섬(島)을 관광단지로 개발한다는 소리가 퍼지자 40여 가구 주민들은 잣눈도 모르고 조복(朝服)을 만든다는 식의 희망을 갖고 살았었다. 그랬던 곳이 강산도 변한다는 10여 년의 세월이 흐른 후, 원철이가 다시 가서 본 고향은 불행히도 쓰레기 하치장으로 변모하고 있었다. 원철이는 너무도 슬픈 현실이라고 한탄했다.

그리하여 살기 좋았던 고향마을이 여름만 되면 부스럼과 종기가 유행하고 날파리, 모기 등 온갖 해충들의 천국을 이룬다고 하였다. 무척이나 평화스러웠던 동네가 이제는 싸움이 그칠 날이 없고 범죄가 날로 늘어가고 있다. 옛날에는 정말로 상상도 못했었던 고향이었다.

서서히, 옛날의 고향 사람들은 정든 S동을 등지고 살 곳을 찾아 외지(外地)로 모두 떠나갔다. 그런데도 유독 그분만이 그곳에서 사시겠다고 고집을 피우는 행동은 양심과 관습의 탈을 벗지 못하는 고리타분한 것이며, 또한 옛날 일이지만 아들의 가출을 가슴 깊숙이 못 박고 계시기 때문이라고 말했다. 막내의 가출을 "결단코, 용서할 수 없는 자식 놈!"이라고 생각하고 계실 노인장을 원철이는 못마땅하게 생각하기조차 했다.

처음에 원철이의 고충을 들었을 때, 나는 어찌할 바를 몰랐다. 노총각 신세를 못 면하고 있는 내가 치마폭이 스물네 폭이 아닌가 하는 생각이 떠올랐기 때문이었다. 그러다가 나는 내 코가 석자일망정, 나는 김 노인을 현대의 찬란한 문명 속으로 모셔와 자식의 효도를 받으며 여생을 편히 사시도록 하는 일에 나서기로 맘을 먹었었다. 친구를 돕자고 한 일이나 원철이의 말을 들을 때부터 쉬운 일이 아니라는 것을 직감할 수가 있었다. 하지만 큰맘을 먹고서 S동을 찾아 갔는데, 첫 시도에서는 보기 좋게 실패를 한 셈이었다.≫

다음 주 토요일까지는 기다려야 한다. 나도 부모님을 모시고 살아야 하는 처지이므로 어떻게 해서든지 친구 원철이의 뜻대로 되기를 빌었다. 또 한편으로 이번 일은 관습과 양심이 조화를 이루는 일이고, 서로의 가면에 대한 타협이 아니라 이해와 인정의 과정이므로 잘 되리라고 믿었다.

내가 원철이를 다시 만난 것은 27일 금요일 퇴근 후였다. 내일의 거사(?)에 대하여 치밀한 작전 계획을 세우기 위함이었다.

술잔을 받던 그가 불현듯 생각이 난 듯이,

"아들 못난 건 제 집만 망하고 딸 못난 건 양 사돈이 망한다는데, 너 20일에 맞선 본 거는 잘 됐니?"

"응, 이번엔 결혼할 것 같아. 너도 서로의 처지를 이해하는 사람끼리 만났듯이, 내가 부모님을 모시고 살아야 한다고 하니까 오히려 부모님을 모셔야 하는 필요성을 내 앞에서 논리정연하게 역설하더라. 난 그 소릴 듣자마자 바로 결정해 버렸어. 여자 쪽에서도 내가 맘에 있나봐."

왠지 처음 맞선 보고 와서 얘기할 때처럼 쑥스러움을 느꼈다. 그래서 그의 "축하한다"는 말이 나오기 전에, 내가 먼저 본론을 꺼냈다.

"춘부장을 모셔 오는 데 어떤 방법이 가장 좋겠니?"

서로의 여러 의견이 검토됐고, 마침내 결론이 내려졌다.

성공을 비는 맘으로 잔을 마주쳤다.

마침내, D-데이의 토요일 오후.

하필이면 바람 부는 날 분가루 팔러 나간다고, 늦여름 비가 세차게 내리고 있었다. 나와 원철이는 원철이가 다니고 있는 회사 지하다방에서 만났다. 우리는 어제의 논의대로 정 안 되면 억지로라도 택시에 태워 모셔 오기로 작정을 하고 다방을 나섰다.

택시가 S동 어귀로 접어들 때까지도 둘이는 아무런 말이 없었다. 나는 김 노인에 대한 여러 가지 영상을 떠올렸고, 원철이는 지그시 눈을 감고 있었다. 그의 모습이 어린 구도자(求道者)의 경건한 자태처럼 보여 숙연하기조차 했다.

택시에서 내리는 순간 나는 오늘 일에 대하여 묘한 흥분감으로 원철이를 힐끗 쳐다보았다. 그는 침착해 보였고 자신감에 차 있는 것 같았다. 비닐우산을 쓰고 걷던 내가 그에게 용기를 북돋우려고 말을 건넸다.

"틀림없이 잘 될 거야."

"나도 그러길 빌어."

친구는 억양 없는 목소리로 대꾸했다. 그렇지만 막상 김 노인의 방에 들어서려니 가슴이 마구 뛰어서 나는 한동안 비를 맞으면서 마음을 진정시켜야 했다. 먼저 들어간 원철이는 벌써 춘부장께 큰절을 올리고 있었다. 나는 쿵쿵거리는 가슴을 억누르면서 조용히 방에 들어갔다. 그리고 살며시 방문을 닫고 큰절을 올린 후 무릎을 꿇고 앉았다.

준비해 갔던 막걸리를 서너 잔 권했다. 이윽고, 노인장께서는 눈을 들어 우리 둘을 찬찬히 쳐다보셨다. 나는 다시 불안해졌다. 열 길 물속은 알아도 한 길 사람 속은 모른다고 했는데, 김 노인은 우리의 속마음을 꿰뚫고 있는 것 같았기 때문이다. 원철이는 플라스틱 술병을 뚫어져라 쳐다보고 있었다. 나는 일부러 한두 방울씩 빗방울이 떨어지고 있는 천장을 바라보고 있었다. 조금 있으니 원철이가 나지막한 소리로 입술을 떼었다.

"아버님, 제가 이렇게 온……."

그가 말을 맺기도 전에 노인이 말을 막았다.

"내, 다 - 안다!"

느린 말투였지만 상당히 위압감이 있었다. 과연 김 노인의 "다 - 안다"는 건 무얼 의미하는 걸까?

한동안 차디찬 침묵이 흘렀다.

"……."

방바닥으로 빗물 떨어지는 소리가 유난히 크게 들렸다. 나는 아무 말 없이 술을 따랐다. 잔을 받아 쥔 노인이 지그시 감고 있던 눈을 뜨고 두터운 입술을 움직였다.

"너희들 둘이 온 까닭은 십벌지목(十伐之木)이라고 나를 억지로라도 안국동으로 데리고 가기 위해서겠지. 그러나 아무리 그래도 내 대답은 변함이 없다. 나는 싫다!"

잠시 말이 끊기자, 나는 심장이 움찔하며 까닭 모를 설움으로 눈시울이 붉어졌다. 친구가 목이 멘 소리로 "아버님!" 하고 짧게 외치는 소리가 들렸다. 그리고 다시 침묵 속으로 빨려 들어갔다. 우리 모두는 깊이를 알 수 없는 컴컴한 수렁으로 계속해서 빠져들고 있는 심정뿐이었다. 나는 자꾸만 가슴이 답답해짐을 느꼈다.

얼마 후, 노인장은 자작으로 몇 잔 더 마셨다. 잠시 후, 취기가 오른 얼굴이었지만 차분한 목소리로 심중을 털어놓기 시작했다.

"내, 비로소 널 따라가지 않는 연유를 이야기하마."

원철이와 나는 흐트러진 자세를 다시 고치고 다소곳이 무릎을 꿇고 앉았다. 그리고 몇 초 동안 빗물 떨어지는 소리만 들렸다.

"내가 이 고장에서 스물둘에 장가들 때만 해도, 한강 줄기의 그 많은 물고기와 뒷산의 벼메뚜기처럼 많은 새들과 어울려서 평화롭게 농사짓고 살았었다. 더 이상 바랄 것이 없었던 때였지. 그러나 네 애미가 죽고 원철이 네가 내 곁을 박차고 떠날 무렵에는 이곳과 N도가 관광단지라든가 뭔가로 바뀐다고 했었다. 그러더니 점차로 한강은 못 먹는 물이 되고 새들도 없어졌다. 갑갑한 놈이 송사한다고 몇 번이나 구청 담당자를 면담했으나 모두 허사였다."

그가 잠시 말을 끊었다. 우리는 그의 입술을 쳐다보며 기다릴 수밖에 없었다. 막걸리 잔을 입에 댄 후 노인장의 언어가 낮은 바리톤으로 흘러나왔다.

"명색이 도시화 계획 때문이라고들 하더라. 그러던 것이, 몇 년 전부터는 이 동네에 쓰레기가 쌓여 가기 시작하더라. 처음엔 한강 하구에만 쌓이던 도시의 쓰레기, 오물이 점차로 육지로 올라왔다. 고을 전체가 점점 썩어가더니, 이젠 마을이 모두 쓰레기 하치장으로 변해 버렸다. 그런 와중에서도, 고향 사람들은 그런대로 견디어 내더니 차츰차츰 정든 고향을 등지기 시작하더라."

노인장의 양미간이 부르르 약하게 떨리더니, 그의 눈이 힘 있게 닫혀졌다가 떼어졌다. 잠시 뜸을 들이던 노인은,

"정이 들 대로 든 그들을 떠나보내는 일은 마치 생이빨이 하나씩 뽑혀 나가는 것 같은 아픔이었다. 죽마고우인 그들을 보내고 난 날

밤에는, 나는 그들과 함께 황금들판에서 참새 떼 쫓으며 추수하고 농주(農酒) 마시던 꿈을 꾸곤 했다. 그때가 엊그제 같은데……. 지금, 이곳엔 몇몇 도시 사람들과 떠돌아다니는 전과자들이 모여서 살고 있다. 주민의 삼분지 일은 목구멍이 포도청이라, 쉴 새 없이 쌓여만 가는 쓰레기 중에서 재생해서 쓸 수 있다고 여겨지는 폐물들을 모아서 다시 서울의 고물상에 내다 판다. 처음에는 죽기보다 싫은 것이었지만, 점차로 익숙해지더라. 이제는 아무런 감정도 없다."

친구 원철이의 눈시울이 점차 붉어지고 있었다.

"이러한 슬픈 인생을 잊기 위하여 밤에는 막걸리 사발로 시름을 달래고 있다. 이것이 우리들의 유일무이한 낙(樂)이다. 하지만 난 절대로 이 고을을 떠날 수 없다. 그것은 말이다. 막내, 네 효성을 무시함도 아니고, 역시 너의 옛적 행동을 가슴속에 묻어두고 있는 것도 아니다."

그가 잠시 말을 멈췄다. 나는 노인장이 만들어 놓은 과거에 대한 탈과 그분의 가면에 대한 집착이 질긴 동아줄에 묶인 것처럼 튼튼해서 도저히 벗겨낼 수 없음을 직시해야만 했다. 애초부터 승부를 낼 수 없는 합리적인 이성과 비합리적인 감성의 간극을 메우는 작업인지도 모를 일이었다. 아니 어쩌면 그것은, 차라리 한에 더 가까운 것인지도 몰랐다.

너무나 안타까운 시간이 흐르고 있었다.

원철이의 눈이 조금 의아한 눈빛이 되어 부친의 입술을 주시하고 있었다. 나는 오금이 저려 왔으나 움직일 수가 없었다. 떨리는 손으로 잔을 입으로 가져간 노인은, 술잔을 내려놓으며,

"애비는 단지 이 S동이, 다시 나의 어린 옛날같이 되는 날이 반드시 올 것이라고 굳게 믿고 있는 것이다. 맑은 강 속의 고기 떼와 산속

의 새들과 더불어 살아가는, 즉 정월 대보름날 지신 밟고 단옷날 샅바 잡고 씨름하던 그런 세월이 꼭 올 거다. 암! 그렇고말고! 만약에 그때에 그리운 고향 친구들이 이 고을을 다시 찾아온다면, 나라도 나가서 따뜻이 그들을 맞이해야 되지 않겠냐?"

방 안으로 떨어지는 빗물 소리가 조금씩 서서히 잦아들었다. 비가 그치고 있었다. 노인장의 톤이 약간 올라갔다.

"설령, 그렇게 되지 않더라도……. 나는 여기서 묻히기로 했다. 나를 낳게 해주고 이놈을 여태까지 키워준 이 고을을 내가 어떻게 버리고 떠날 수 있단 말이냐. 난……, 이토록 탈바꿈해 버린 고향도, 우리들에게 수시로 짚신을 뒤집어 신는 행정 당국자도, 이 동네 사람들도…… 아무도 미워하지 않는다. 또한 나는 아무 것도 바리지 않는다. 그서 이렇게 살다가 네 애미 곁으로 돌아가는 그날까지 천지신명을 믿으며 열심히 살아가련다."

나는 그의 눈가에 엷은 물기가 스치고 있는 것을 볼 수 있었다. 그리고 김 노인의 말끝이 시나브로 흐려가고 있었다.

"애비는……. 이것이 '내 운명이다'라고 단정하며 산다. 옛말에도 뒤로 오는 호랑이는 속여도 앞으로 오는 팔자는 못 속인다고 했느니라. 또 애비를 잘못 둔 죄로 그렇게 착하던 원종이가 동네 애들하고 어울려 과음하기 시작하더니, 패싸움을 벌이다가 순사에게 잡혀 갔다. 네가 매달 부쳐 주는 돈 중에서 5만 원은 꼬박꼬박 네 형의 영치금으로 들어간다. 네 형 원종이가 형무소에서 나왔을 때, 이곳에 못난 애비라도 있어야 되잖니?"

나는 비로소 노인장이 자신의 가면에서 서서히 벗어나고 있다는 것을 뚜렷이 느낄 수 있었다. 엄친의 주름진 얼굴에서 눈물이 비치자 막내아들인 원철이는 한 겨울의 나목(裸木)처럼 표정을 잃어가고 있었다.

밖에는 빗발이 다시 세차게 쏟아지고 있었다. 방 안은 이미 떨어졌던 빗방울로 흥건해졌다. 이 빗방울에 어쩌면 원철이의 눈물도 섞여 있는지도 몰랐다.

주름투성이의 노인장이 굵은 저음으로 입을 떼었다.

"원철아, 너도 한잔, 받거라."

"......!"

친구는 몹시 떨리는 손으로 막걸리를 권하는 춘부장의 잔을 받아들었다.

〈후기: 다양한 빛깔의 소통〉

· · · · · ·

　이번 소설 <거울과 태양>은 총 4편으로 구성되어 있다. 이 작품에서 나는 개인과 거울(<거울과 태양>), 개인과 운명(<생의 실루엣 I>), 개인과 가족(<개꼬와 할매>), 개인과 인습(<생의 실루엣 II>) 등이 서로 어떻게 소통하고, 또 어떤 방식으로 소통해야 하는지에 대해 집중적으로 다루었다. 궁극적으로 나는 여러 모양으로 소통이 단절된 세상살이가 얼마나 피폐하고 힘든지 그려내고 싶었다.

　<거울과 태양>은 제목이 암시하듯 '거울'은 개인의 자아를 비춰보는 자의식과 내면의식을 상징하며, '태양'은 우리가 절대적이라고 규정하는 진리의 범주를 상징한다고 할 수 있다. 태양이 거울에 비칠 때 눈이 부셔 자신의 모습을 제대로 볼 수 없듯, 거울에 비쳐지는 우리의 모습은 개인의 자의식을 대변하기 쉽지 않다. 달리 말해 거울에 비치는 '나'에 대한 관찰은 미(美)에 대한 다양한 사회적 합의와 자신

의 감각과 사회적 경험 등을 합리화시키는 과정일 뿐이다.

그러나 '거울 바라보기'는 또한 자신의 내면에 대한 성찰과 희망이기도 하다. 즉, 거울을 보는 행위는 내가 나를 바라보며 과거의 나를 성찰하고 반성하고 꾸짖고, 아울러 미래를 설계하는 과정이기도 하다. 특히 여성들의 거울보기는 자신의 외모를 사회화시키는 중요한 의식이기도 하다. 이와 같이 남녀/인간의 거울 바라보기는 거울의 다양한 종류만큼 다채로운 빛깔로 나타난다. 면경, 석경, 체경 등이 나의 모습을 비출 때 나는 어떤 미소로 그를 맞이할 수 있을까? 또 다른 내가 나를 맞이하는 순간 나는 그에게 어떤 위로의 말을 던질 수 있을까? 거울 안에 있는 그는 내게 무슨 말을 하고 있는 것인가? 거울 바라보기를 통해 지금도 여러 상념이 나를 휩싸고 돈다.

<거울과 태양>의 또 다른 측면은 나와 아버지, 나와 여자친구와의 어색한 소통방식이다. 개인적 소통은 보통 아침에 거울보기에서 시작돼 타자와의 만남 이후 잠자리에 들기 전에 역시 거울보기로 끝난다. 이런 일상에서 타자(아버지, 여자친구)와 소통하는 방식이 서투른 주인공(우리)이 자신을 일으켜 세울 수 있는 것이 무엇일까를 고민하였다. 지식, 자의식, 진리 추구, 사랑 …… 그 밖에 또 다른 무엇일까?

<생의 실루엣 I>에서는 자신의 의지와 상관없이 계속해서 무너지기만 하는 현실과의 소통 문제를 다루었다. 열심히 살았지만 거의 인생 밑바닥까지 온 주인공과 타자와의 소통은 힘들 수밖에 없다. 사람들은 이 험난한 인생살이에도 돌아가고 싶은 오아시스 같은 첫사랑의 추억을 안고 살아간다. 경제적 문제로 떠나야 했던 첫사랑과의 아스라한 추억과 낭만을 가슴에 품고 사는 주인공…… 그런데 그 첫사

랑 여인이 자신이 세 들어 사는 집의 주인이라는 사실을 알았을 때 주인공(나)은 그녀와 어떻게 소통해야 하나? 과연 집주인과 세입자라는 처지에서 소통은 가능할까? 이것이 이 콩트의 화두이다. 첫사랑, 즉 아름다운 추억의 환상이 깨지는 순간, 우리들은 이 소통의 파열음을 어떻게 수습할 수 있을까?

<개꼬와 할매>에서는 가족구성원 간의 소통 문제가 어떻게 나타나야 하는지 다루었다. 손자 복남이를 축으로 구성된 가족은 많은 갈등적 요소를 안고 있다. 이들은 소통보다 명령과 순종이 미덕인 사회에서 살던 구성원이다. 그러던 그들이 종교적 갈등을 겪게 된다. 절대자와 소통하려는 기원방식의 차이는 가족의 소통을 가로막는 요인이 된다. 할머니와 할아버지가 철석같이 믿는 웃대님들(샤머니즘)과 아버지가 새롭게 믿게 된 야수귀신(기독교)의 첨예한 대립, 같은 시간대에 펼쳐지는 무당의 굿과 복남이 아버지의 기도소리, 시골에 정착하라는 부모의 명령과 힘든 현실에서 탈주하고 싶은 아들의 불협화음, 복남이의 병환을 둘러싼 지역 공동체 구성원들의 삶의 변주곡들······ 이들의 소통은 독자들에게 어떤 빛깔로 다가갈까? 대립 관계에서 원활한 소통을 위해서는 성 씨 할머니처럼 어느 한쪽이 희생해야 한다. 이것밖에 해결책이 없다는 게 슬픈 현실이다. 그러나 이 희생은 더 큰 소통을 위한 밑거름이며 공동체를 풍요롭게 하는 자양분이다.

<생의 실루엣 II>에서는 부자간의 소통 문제를 다루었다. 현실에 안주하며 관습을 버리지 못하는 부친과 현실을 헤쳐 나가려는 아들과의 소통부재 문제는 작가의 단골 메뉴이기도 하다. 젊은이들은 관

습과 아집에서 헤어 나오지 못하는 노인들과 어떤 방식으로 소통해야 할까? 효도라는 이름으로 노인들의 입맛에 맞춰 주는 것이 올바른 소통방식일까? 진정한 소통을 위해 개인적 고집/아집의 문제는 어떻게 풀어야 할까?

결국 다양한 타자들과의 만남에서 개별적으로 어떻게 소통하는 것이 가장 바람직한가? 이 화두를 안고 작품을 시작했고 작품이 끝날 때마다 뭔가 해결책이 있을 것이라고 생각했는데…… 건전한 사회를 위해 타자들의 소통방식을 잘 그려냈는지, 오히려 개개인의 소통부재를 더 심화시키지 않았는지 의심스럽다.

1985년부터 교직에 종사해 오면서 학생들과 소통하려고 애써 왔으나 가장 힘든 것이 사람과의 행복한 소통이기도 하다. 그럼에도 인생에서 가장 짜릿한 순간은 사람과의 소통이기도 하다. 우리 모두가 진실한 마음으로 소통하는 세상을 꿈꾸며 글을 맺는다.

나는 오늘도 타자들과 화려한 빛깔로 소통하며, 진정한 '자기동일시'를 꿈꾸는 자의식과 마주하고 있다.

박진훈(朴鎭勳) ······

  1959년 출생
  영문학 박사
  시인, 번역가
  다형문학상 수상(소설 부분)
  <시인정신> 추천 신인상 수상

  『너 거기 오래 있었구나』(동인 시집)
  『교육실습일지』(공저)
  『젊은 예술가의 초상 어휘 연구』
  『율리시스(Cliffs Notes 48)』(공역)
  『조이스와 타자관계』
  『수능듣기 40회 실전모의고사』(공저)
  『바람, 너의 얼굴이 보고 싶구나』
  「≪젊은 예술가의 초상≫과 탈식민주의」
  「≪술라(Sula)≫에 나타난 전복적 책략」
  「≪젊은 예술가의 초상≫과 신부의 재현」
  「지팡이 모티프의 디자관계」

거울과 태양

초판인쇄 | 2012년 3월 5일
초판발행 | 2012년 3월 5일

지 은 이 | 박진훈
펴 낸 이 | 채종준
펴 낸 곳 | 한국학술정보㈜
주   소 | 경기도 파주시 문발동 파주출판문화정보산업단지 513-5
전   화 | 031) 908-3181(대표)
팩   스 | 031) 908-3189
홈페이지 | http://ebook.kstudy.com
E-mail | 출판사업부 publish@kstudy.com
등   록 | 제일산-115호(2000. 6. 19)

ISBN   978-89-268-3166-3 13810 (Paper Book)
          978-89-268-3167-0 18810 (e-Book)

이담
Books 는 한국학술정보(주)의 지식실용서 브랜드입니다.